闵行歷代稀見文獻叢刊　第一輯

# 閔行詩存（外一種）

閔行區圖書館　編
孫鶯　點校
龐堅

中華書局

**圖書在版編目(CIP)數據**

閔行詩存:外一種/閔行區圖書館編;孫鶯,龐堅點校.
—北京:中華書局,2020.5
ISBN 978-7-101-14461-1

Ⅰ.閔…　Ⅱ.①閔…②孫…③龐…　Ⅲ.詩詞-作品集
-中國　Ⅳ.I22

中國版本圖書館CIP數據核字(2020)第044668號

責任編輯:胡正娟
裝幀設計:周　玉

**閔行詩存(外一種)**
閔行區圖書館 編
孫 鶯 龐 堅 點校
*
中華書局出版發行
(北京市豐臺區太平橋西里38號　100073)
http://www.zhbc.com.cn
E-mail:zhbc@zhbc.com.cn
北京市白帆印務有限公司印刷
*
710×1000毫米 1/16・24½印張・2插頁・290千字
2020年5月北京第1版　2020年5月北京第1次印刷
印數:1-1000冊　定價:118.00元

ISBN 978-7-101-14461-1

# 《閔行歷代稀見文獻叢刊》編輯委員會

# 《閔行歷代稀見文獻叢刊》總序

祝學軍

習近平總書記在慶祝中國共産黨成立九十五周年大會上指出，「全黨要堅定道路自信、理論自信、制度自信、文化自信」，而「文化自信，是更基礎、更廣泛、更深厚的自信」。

當今中國，堅定「文化自信」具有重要的理論意義和實踐意義。文化自信既是黨的「四個自信」不可分割的重要組成部分，更爲人們認識和改造世界提供了有益啓迪，爲治國理政提供了有益啓示，爲堅持中國道路提供了歷史依據。

長期以來，閔行區經濟成就顯著。經濟總量、財政收入、居民生活水平、城市化進程、公共服務等諸多指標均位列上海各區縣前茅，是當之無愧的「經濟大區」。同時，閔行也是名副其實的「文化大區」，有着豐富的文化資源和深厚的歷史底蘊。區域内各級各類學校、科研院所、文藝團隊雲集，各類科技人才和文化名人散布全區。「馬橋文化」堪稱上海「文明之根」，與「良渚文化」相媲美，「撤二建一」之前的上海縣之立縣歷史可追溯至元代至元二十九年（一二九二），是上海「建置之根」，人們口中的「先有上海縣再有上海市」並非妄語。明清時期的上海縣交通便捷，經濟發達，受松江府城的近距離輻射，集鎮建設優於其他地區；在近代城市化進程中，既沒有徹底洋化，也没有固守不變，而是成爲農耕文化、商貿文化與近代海派文化的相生、相融之地，獨具地域文化特色。

作爲承載着集體記憶的珍貴記録，自古以來，各地對地方性的歷史文獻都相當重視，上海近年也有許多重大舉措。如二〇〇五年出版了《上海鄉鎮舊志叢書》，二〇一三年出版了《民國上海市通志稿》（第一卷），尤其是二〇一六年《上海府縣舊志叢書》（上海縣卷）的出版，堪稱上海文化界的一大盛事。

二〇一三年，閔行區政協文體委開展了閔行文化資源的調查，據《調查報告》所示，作爲閔行區文化資源重要組成部分的地方歷史文獻，尚未受到足够的重視，至今未經系統整理，爲此提出了相關建議。閔行區委、區政府和區政協領導對此高度重視，經過充分的醖釀和準備，二〇一七年，由區政協牽頭，區文廣局組織區圖書館等相關單位正式啓動編撰《閔行歷代稀見文獻叢刊》項目。應該説，就閔行區的經濟社會發展階段而言，開展此項工作適逢其時。

「十三五」期間，我們還將整合社會各方面文化力量，邀請區域内高等院校、科研院所和有關專家學者參與，系統整理閔行歷史文獻。本着「以人存書」「以書存史」「以史爲鑒」的原則，逐年刊布一至三册，五年集成一輯，一輯約收十種，滚動開發。内容以鄉賢著作、地方史料等爲主，對有關的大型檔案乃至經濟社會文獻，作斟酌收録。我們認爲，編撰《閔行歷代稀見文獻叢刊》，有利於閔行歷史文化資源的深度開發和利用，有利於提升閔行文化軟實力，有助於弘揚閔行城市文化精神，也可爲上海市文化尋根提供文獻基礎和學理依據。

儘管篳路藍縷，但歷代先賢留下的文化瑰寶讓我們有自信、有底氣，我們也有智慧、有決心扎實推進《閔行歷代稀見文獻叢刊》的整理工作。衷心希望社會各界和專家學者關注支持、熱心指導，對我們的不足和錯誤，直言不諱，批評指正。

讓我們共同深入了解閔行的前世今生，憧憬展望閔行的輝煌未來！

是爲序。

# 前言

《閔行詩存》，顧名思義，必是收集閔行一地詩人詩作之地方性詩總集。編纂者黄藴深，名宗麟，字藴深，以字行，號雲僧，上海縣閔行鎮人。生於清同治十一年（一八七二）。光緒二十九年（一九〇三）留學日本，畢業於日本法政學校，後回國。宣統二年（一九一〇）得法政科舉人。民國元年（一九一二）任駐朝鮮仁川領事，轉漢城副總領事、代理總領事。民國五年（一九一六）回京，任外交部主事，兼中央防疫處主任、俄文專修館館長。民國十八年（一九二九）出任吴縣縣長，倡建中山紀念堂於玄妙觀後，並身先捐款，應者甚衆，堂亦於次年落成。民國三十五年（一九三六）任上海縣參議會議長，並於閔行鎮合股恢復浦海銀行，任經理。中華人民共和國成立後，遷居蘇州，一九五三年病逝。擅隸書，精繪事，工詩詞，爲南社社員。又究心於岐黄之術，不掛牌、不取酬而爲鄉人診治，有聲於時。身後所傳著述，唯《閔行詩存》爲人所知。

黄氏所輯此集，今所見者，爲民國二十四年（一九三五）九月瑞華印務局印製綫裝排印本。朱壽朋作書名題簽，署「乙亥九月」，前有署「民國十九年冬至前十日，張一麐」「民國二十四年秋分前十日，朱孔文」二序，後有署「民國二十四年九月黄藝錫跋」。全書爲卷有四，收入作者八十六人，古近體詩七百九十餘首，雖數量不多，而一地之吟咏風貌，略具於斯，實爲上海地方文獻之珍貴資料。

關於此書之編選，朱孔文序云：「黄雲僧先生近輯《閔行詩存》，地限於一鄉，人限於既逝，積七八年之久，得潤書、譜蘅二君相助爲理，始克蕆事。……人各繫以小傳，存其詩即傳其人。于以發潛德之幽光，徵鄉邦之文獻，用意至善，用力亦勤矣。顧余重有感者，近世文龐字雜，雅道淪亡，俚語方言形諸簡牘，於此有人裒輯舊聞，擇尤著録，毅然作文藝復興之想，其胸襟之宏遠，决非尋常選家所能企及，此則尤爲余所傾倒者焉。」黄藝錫跋云：「以前固無所謂鄉，其區域且混合錯綜，同屬縣治而已。鄉之區域既隘，而能詩者又不多見，搜輯之難，益可知矣。……譜蘅告余曰：『《詩存》之詩，均係鄉士大夫舊稿，其易得者，固俯拾即是；其難者，或假之鄰邑圖書館，館章僅許就閲，不許携書外出，至倩人日赴館傳鈔。逾月鈔竟全集，而後選存其一二。』蓋成書之難，古今有同感已。後之讀是詩者，視爲一鄉之風謡也，可；視爲一鄉之文獻也，亦無不可。」觀二家序跋所言，可知此雖一部小書，而編選之煩難，亦非常人所能覘矣。黄藴深保存鄉邦文獻之苦心孤詣，今人亦應嘉許，不得以此非洋洋大觀而忽之也。

書前「引言」，實即此書凡例，前四條有助於讀者了解本書，兹迻録如下：「詩存與詩選异，有因其人其事而存之者，詩之工拙，在所勿論。」「是編專輯舊閔行鄉區内人士作品，而以其人業已去世者爲斷。」「編次順序，悉依作者生前時代。其詩選自專集者，依集定先後；得自采訪者，依采到先後，不限體類。」「作者生前事迹記叙，姓字之下無可考者從略，惟載明居址，以爲鄉人之印證。」

地方性總集，爲總集一分支，按之於文學史，謂其濫觴於今傳《毛詩》之《國風》，當非虚語；唯《詩經》古隸經部，不以總集稱之耳。明清以來，此類總集數量尤多，亦可見世人對於保存鄉邦文化之認識日益提高。當今之世，以弘揚優秀傳統文化爲號召，地方文獻之整理蔚然成風，本書的出版，可謂增光添彩之舉。

本書名稱中的「閔行」，指的自然是當時的上海縣閔行鎮，與今上海市閔行區（初置於一九六〇年）雖有淵源，卻不是同一個概念。閔行作爲一个地名，原是舊上海縣的一個小鄉，後稱閔行鎮。黄藝錫跋述其源，云：「維『閔行』之名，始見於《明史·張經傳》，當時誤『行』爲『港』，事見《嘉慶上海縣志》。」下小字夾注云：「明張鼐《吴淞甲乙倭變志》載：『嘉靖三十五年丙辰五月初一日，倭船五十餘艘自吴淞入上海。十九日五更，乘潮南下，直抵閔行。』是『閔行』之名，已見嘉靖年紀載，《上海縣續志》乃稱：『閔其，山東人，嘉靖間游學來滬，卜居黄浦之濱，殁後葬此，閔行鎮以此命名。』蓋又傳文之誤矣。」既然閔行的名稱起源較晚，不見於明代之前，而且區域面積也較今之上海市閔行區小很多，那麼黄藝錫跋所云「鄉之區域既隘，而能詩者又不多見」的情况也就可以想見，本書中作者，除了董其昌和董含，其餘都不算很知名。倒是李媞、錢韞素、姚其慎等幾位女詩人比較引人注目。董其昌自然是個大名家，不但書畫享有重名，爲一代宗匠，古近體詩創作，也是一時之傑。關於董其昌的籍貫，一般記載是松江府華亭縣人，但他其實出生於上海縣董家匯，即今閔行區馬橋鎮，童年居外家讀書，科舉應縣試報籍貫在華亭縣，於是算是占籍華亭，所以《閔行詩存》收他進來絶對不是拉郎配。

通讀全書，我們可以發現，確實，此書屬於存詩存人性質的詩選，主要意義在於保存地方文獻，至於文學價值，相對來説並不很高；但是，並不是説裏面就没有好的作品。書中最大牌的詩人，是卷一所收的董其昌，清四庫館臣雖對其所作之「率爾而成，不暇研煉」表示可惜，但從他廣泛流傳的詩作手迹之廣受歡迎來看，至少《明詩紀事》編者陳田所説他的一些詩作「楚楚有致」是無法否定的。本書所選如五古《題畫小赤壁圖》《贈陸君策畸墅詩》，七古《秣陵旅舍送會稽章生》《鐵冠歌》，都是頗見功力、风致宛然的古體詩佳作，在這個以近體詩居多的集子裏，可謂氣格高標。其餘近體諸作，五七言律可摘之句，如「鄉夢隨芳草，春愁帶柳枝」「山水琴中賞，烟雲杖底收」「石秀銜空翠，苔深帶雨痕」「日落魚龍驕夜壑，霜清鐘磬度寒塘」「不以盈虚隨海月，直於伯仲見江湖」「青螺拔地存堯市，白馬凌波立梵宫」，亦雋永有味。卷二的董含，今人雖不太知道他，但在清初却是頗負時譽，所著筆記《三岡識略》尤有名，宋琬《董蒼水詩序》謂「其詩亦閎深涵演，非復專家小乘之所敢望」。本書所選《過拂水山莊吊錢牧齋姬人柳如是》二首云：「山頂流泉入屋中，迴廊曲曲閉春風。鄴侯書去空存架，惟見江梅繞砌紅。」「滿壁丹青寫舊辭，朱蘭碧樹尚參差，燕樓寂寞佳人死，不枉當年賦柳枝。」不惟可資掌故，風調亦甚可觀。值得一提的，還有女詩人李媞。其《題管夫人墨竹》云：「懶問文山與秀夫，只將彤管寫新圖。不知畫到嶙峋處，曾念郎君節有無。」絶無一絲脂粉氣。又《歸桐道中雜紀二十首》其八：「龍蟠虎踞壯于吴，天與朱家此建都。把酒偶論名勝地，怕題三字莫愁湖。」言近旨遠，感慨至深。《歸寧偶紀二十四首》其二云：「隱隱山痕淡若顰，碧蘆紅蓼遠迎人。可憐去歲秋風裏，憶罷鱸魚又憶蒓。」神韻獨造，不讓王漁洋。其餘各家，亦有可誦之篇，讀者諸君可以自行品味，整理者在此就不饒舌了。

此書的文本整理，主要是施加現行標點符號，考慮到傳統詩體的語言特性，除標題外，詩句中一律不用引號、書名號、冒號、驚嘆號等號，只取句號、逗號和少量問號。而本書編纂宗旨既在存詩存人，存真當爲首務，所收之作，編者任意修改幾無可能，則校以各家别集意義亦不大；况所收各家，除董其昌等少數其集易得外，都難複核，故而思之再三，一律不作他校，只在明顯有誤之處出以少量校語。

書後附録《上海李右之著詩文稿百篇》。作者李味青，原名維清，字右之，一作佑之，入民國，改名味青，以字行。上海縣閔行鎮人。清光緒六年（一八八〇）生。民國元年（一九一二）任上海縣議事會副議長。次年任上海縣修志局主任。民國十二年（一九二三）任江蘇縣議會聯合會委員長。民國十八年（一九二九）在吴淞江水利协会副會長任上。民國二十一年（一九三二）任第二次上海縣修志局主任。一九五八年卒。撰有《上海鄉土志》等。編有《上海李氏易園三代清芬集》，是近代家集一類書籍中比較有代表性的文獻，今有點校整理本行世。

《上海李右之著詩文稿百篇》，所見爲上海市閔行區圖書館藏綫裝排印本，封面書名由作者門人嚴獨鶴題寫，作者自跋云乃友人、弟子助爲刊行者，出書時間當在跋末所署之一九四九年孟冬前後。全書收入其文言文二十篇，凡議事之文五篇，碑傳之文五篇，序跋之文八篇，論説之文二篇。古近體詩一百八十首，凡五絶十首，五律十六首，五排一首，五古三首，七絶二十四首，七律二十首，七古六首，《懷舊百咏》七絶一百首。作者雖爲老宿，但並非以詩文家見稱，此集的整理，其意主要也是重在保存地方文獻，以爲學者研治上海歷史文化之助，或供作家采風之用。

公元二〇一九年秋，孫鶯撰於上海市閔行區圖書館。

# 閔行詩存(外一種)總目

# 閔行詩存

黄藴深 輯

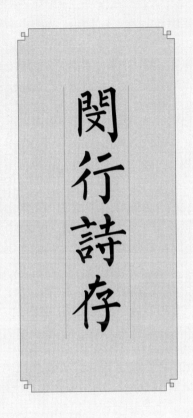

# 閔行詩存目録

上海黄藴深輯

卷　二

## 卷三

## 卷四

著叢書於笠澤，亦載詩篇；編唱和於松陵，尤詳漁釣。《會稽掇英》之集，《中州樂府》之傳；河汾諸老之吟，玉山草堂之刻，靡不本諸方域，操其土風。遠紹太史之輶軒，近仿竹枝之鼓吹。顧命儔嘯侶，雖萃名流；而判白批紅，要資健者。黄子雲僧，以風雅士，現宰官身，自長我吴，群歌來暮。韋公燕寢，時凝妙香；白傅大裘，常留詩本。日者出所輯《閔行詩存》一册，索爲弁言。上溯朱明，以迄近代，芬華布濩，藻繪繽紛。人握隋侯之珠，家傳和氏之璧。涵綿邈於尺素，扇敷榮於衆葩。洵藝苑之菁英，抑鄉邦之掌故。蓋閔行毗連滬瀆，襟帶松江，蕞爾彈丸，儼然都市。舟車輻凑，人物昌豐，雖無臨淄之十萬家，已聚德星於五百里。郗説片玉，每剖璞以先收；安石碎金，亦披沙而竝揀。斯則衆材畢具，可構凌雲之臺；七寶合成，共憑修月之斧者也。僕識慚鼫鼠，學囿雕蟲。逢山水之清音，攬雲霞之聲畫。登高可賦，君洵大夫九能之才；向若而驚，我忝皇甫三都之叙。

民國十九年冬至前十日，吴下張一麐。

# 序

自古選詩之範圍，大别有三。一曰以時，如徐倬之《全唐詩録》，陳焯之《宋元詩會》，朱彝尊之《明詩綜》是。一曰以人，如魏憲之《百名家詩鈔》，鄭爾垣之《義門鄭氏奕葉集》，王企埥之《四家詩鈔》，黄光岳之《三詩合編》是。一曰以地，如房琪之《河汾諸老詩集》，汪澤民、張師愚之《宛陵群英集》，鮑楹之《青溪先正詩集》，胡文學之《甬上耆舊詩》是。此外標新立异，或以品藻，或以格律，或以咏事咏物，依類相從，彙成别集，亦各從其好也。黄雲僧先生近輯《閔行詩存》，地限于一鄉，人限于既逝，積七八年之久，得潤書、譜蘅二君相助爲理，始克蔵事。全集都四卷，古近體詩七百九十餘首，作者八十六人，人各繫以小傳，存其詩即傳其人。于以發潛德之幽光，徵鄉邦之文獻，用意至善，用力亦勤矣。顧余重有感者，近世文龐字雜，雅道淪亡，俚語方言形諸簡牘，於此有人哀輯舊聞，擇尤著録，毅然作文藝復興之想，其胸襟之宏遠，決非尋常選家所能企及，此則尤爲余所傾倒者焉。是爲序。

民國二十四年秋分前十日，朱孔文。

# 引　言

一　詩存與詩選异，有因其人其事而存之者，詩之工拙，在所勿論。

一　是編專輯舊閔行鄉現稱上海縣第一區。區内人士作品，而以其人業已去世者爲斷。

一　編次順序，悉依作者生前時代。其詩選自專集者，依集定先後；得自采訪者，依采到先後，不限體類。

一　作者生前事迹記叙，姓字之下無可考者從略，惟載明居址，以爲鄉人之印證。

一　按府縣志載閔行鄉人之能詩者，若董恬、董傳策、董子儀、董宜陽、董羽宸、董俞、陳維城、張本均、王鳳岡、潘其彬等，其稿皆無從搜集，想遺漏正復不少，擬繼續采輯，付之續編。

藴深叔父以所輯《閔行詩存》命爲校訂，既竟事，即以叔父詔予之語，綴爲「引言」如右。申錫謹志。時民國二十四年八月十日。

# 卷一

## 蔣堅

字宗實。明成化時人。年十六入邑庠，後以增貢生仕沙縣縣丞。居鶯竇河濱。

### 鶯湖九老會詩

先方伯公引年歸，乃合鄉之高年有行誼者八人，月爲酒食以會焉。九老者，郭竹深年七十七，何守愚年六十九，王惟静年七十八，唐古庵年七十一，陸耕雲年七十四，沈孟温年七十一，李安耕年七十二，郭悦桂年六十八，方伯公年七十五。河南布政司郡人李清爲撰記。

歸田兩袖拂清風，結社還欣聚老翁。二仲尚嫌來往寂，八公何幸性情同。勛名已等雲烟散，詩酒惟憑宴會通。月一相逢歡竟日，盤飧適口不須豐。

**蔣　雲**　字從龍。明嘉靖戊子舉人。歷任山東蒲臺、江西會縣事。享壽八十有一。三赴鄉飲。政迹載《上海縣志》。居鶯竇河濱。

鶯湖九老會詩

大夫七十去官回，會仿前賢笑口開。黄髪相看天數合，白衣似約菊秋來。舊時雲樹思堪慰，此日蒓鱸喜共陪。竹有餘陰松有蔭，一堂杖履樂徘徊。

**蔣永澄**　字定川。明嘉靖増貢生。仕北直隸大名府清豐縣縣丞。有能稱。政迹載《上海縣志》。居鶯竇河濱。

鶯湖九老會詩

觴咏無虚舊釣游，九人合志興長留。偶尋花圃同携杖，欲泛菱湖共拍舟。莫羡阮林分大小，却添蔣徑幾羊求。知音同調心相許，詎讓香山菊味投。

**蔣彬** 字樂吾。明嘉靖廩貢生。居鶯竇河濱。

鶯湖九老會詩

林下風清地亦偏，良辰雅集共陶然。春酣修竹崇蘭地，秋坐朱萸黄菊天。詩酒之間聯舊雨，羲皇以上樂餘年。鶯湖足繼香山會，今古人文合並傳。

**蔣繼禎** 字世瑞，號思閑。明嘉靖廣東東莞縣鹽場大使。政迹載《上海縣志》。居鶯竇河濱。

鶯湖九老會詩

杖履優游樂太平，寄身詩酒盡長庚。月爲一會歡同調，人與九峰欲競名。占得東都高品格，締成真率舊交情。蒼顏皓首皆康壽，把酒桑麻笑語盈。

**蔣傳道**　字汝行，號嬰賓明。嘉靖威海衛經歷。主修《蔣氏宗譜》。政迹載《上海縣志》。居鶯竇河濱。

## 鶯湖九老會詩

香山餘韻復堪圖，仙侶相將鳩杖扶。尚義橋邊成雅集，樂耕堂上聚歡呼。無肴儘可羹爲薺，有酒還添膾是鱸。此會未知年幾百，共傾心迹在蓬壺。

**董其昌**　字元宰，號思白。明萬曆十七年成進士。選庶吉士。禮部侍郎田一儁以教習卒於官，請假走數千里護其喪歸葬。還授編修，知起居注。光宗出閣，充日講官，因事啓沃，光宗每目屬之。典試江西。尋失執政意，出爲湖廣副使，引疾歸。三十二年，起故官，提學湖廣。不徇情，屬爲勢家所忌，嗾諸生鼓噪，毁其公署。上疏求去，帝不許，詔所司按治。卒謝事歸。有詔起用，不就。光宗立，問閣臣曰：「舊講官董先生安在？」乃起爲太常少卿，掌國子監司業事。天啓二年，擢本寺卿，兼翰林院侍讀學士。時修《神宗實録》，奉詔至南方采輯，廣搜博徵，成三百册。又采留中之疏，切於國本、藩封、人才、風俗、河渠、食貨、吏治、邊防者，别爲四十卷，仿史贊之例，每篇繫以筆斷。書成表進，優詔褒美，宣付史館。三年，遷少詹事，掌南京翰林院。轉禮部右侍郎。四年，充纂修實録副總裁，同知經筵。尋轉左侍郎。五年，遷南京禮部尚書。時政在閹豎，黨禍酷烈，深自引遠，請告歸。崇禎六年，召拜禮部尚書，掌詹事府。七年，晉太子太保，乞骸骨。温旨慰留，章七上乃允，賜乘傳歸。九年卒，年八十二。訃聞，輟朝，賜祭葬，敕建特祠於郡城。福王時，謚文敏。清康熙四十四年南巡，特書「芝英雲氣」額賜懸祠中。公少好書，以米芾爲宗，錯綜晉唐諸帖而變化之，自成一家，名聞外國。其畫集宋元諸家之長，行以己意，瀟灑生動，非人力所及。尺素短札，流布人間，爭購寶之。性和易蕭閑，吐納終日無俗語，人擬之米芾、趙孟頫云。著有《容臺集》。《明史》及郡縣志均有傳。先居竹岡，晚年遷居郡城。閔行鎮横瀝之濱有讀書處，今屬潘姓。庭中古柏，手澤尚存，俗稱董園。

## 題畫小赤壁圖 有序

吾松有小赤壁，與黄州赤壁大小實相埒，不知何事，辱之爲小。沈徵士繪圖爲兹山解嘲。雨中過君策齋頭，君策方以吴綃點綴泉石，有張子淵自白岳至，携松蘿茶與畸墅鬥勝，君策呼酒佐之，永日無俗子面。君策强余畫，爲畫此圖，並書赤壁詩。詩、書、畫皆君策和之。

沈公緒欲鑄東坡像於赤壁山房，屬余書「大江東去」詞，鐫於石，末句及之。然鑄東坡何必赤壁，陸家畸墅合著此公與内史相酬也。

吾松山有九，俱以海爲沼。東海既以大，赤壁何當小。風穴秘精靈，雲門削鬼巧。口鼻鬥嶙峋，鱗甲成夭矯。而我游齊安，何由凌窈窕。時平兵氣銷，霜落江聲悄。迴思平原鶴，誰是枌榆鳥。恰似黄池會，吴楚爭可了。將無山嶽靈，端受里俗嬲。歸語東陽生，携笻事幽討。石言曾莫逆，壁觀共枯槁。田成琳球賦，屋用辛夷橑。太守握紅雲，冠彼山谷好。靈踪儼如舊，龐贅忽以澡。嘉名公等錫，一壑從余保。手寫浪淘沙，蛾眉雪可掃。敢應北山招，終事東坡考。

## 贈陸君策畸墅詩

積玉豈無圃，干將亦有邨。青山貯文賦，秋水懸劍痕。中有獨往者，卜此畸人園。高情狹五嶽，所適聊川樊。一邱美吾土，群峰走其門。虛櫺見霞起，卷幔知雲屯。高樓巢燕子，篔谷長龍孫。每當秋葉彫，鬱鬱清陰繁。緬懷柴桑翁，朗愛田水喧。況乃梧竹聲，長與風雨吞。主人桂林枝，雅尚蓬蒿敦。疏渠引泉脈，驅石劃雲根。濠梁期質友，池塘思哲昆。刈韭秋畦薄，釣魚潭水渾。著論準樂志，賦騷稱滌煩。名僧時駐錫，長者多停軒。與君雖接鄰，室邇猶隔垣。未若此園居，曠然無籬藩。一從鴻避弋，笑彼虱處裩。因之奏山水，便欲忘朝昏。高枕乃吾廬，誠如杜陵言。嘗聞達人軌，寄通隨化元。我如還山雲，君若扶桑暾。卷舒各有宜，何必鶴與猿。惟容肥遯者，終老桃花源。

## 秣陵旅舍送會稽章生

君不見禹穴高峰百丈奇，千年王氣山之垂。又不見蘭亭觴咏飛雄筆。天花晝灑分顏色。會稽山水鍾韻士，風雅翩翩多羽翼。章生磊落名家駒，湖海意氣無人如。全越文章歸領袖，三吴人物争吹噓。烏衣幾出蕭關路，千里青山兩擔書。凉秋八月都門道，逆旅相逢如夙好。黄公之壚酒新釀，唾壺擊缺仍悲嘯。令我神情太王生，三杯耳熱都傾倒。我本吴中俠更儒，屠龍之技世所迂。

前身不獨疑詞客，執筆曾經佐褚虞。胸中癡絶不能盡，閑寫秋林木葉疏。多君真賞足青眼，不似傍人只好竽。君今久客吟思越，戎裝飲馬秦淮月。天涯聚首幾彌旬，那堪更作天涯别。山陰風物性所親，地主知君不厭頻。試聽寒夜江頭雪，定有扁舟訪戴人。

## 鐵冠歌 有序

鶴琴高翁得楊廉夫鐵冠，屬余歌之。君雅愛名迹，有廉夫《鐵厓圖》并鐵笛，是於老鐵更覺有緣也。余爲之歌，且索同社彭子、徐子偕賦焉。

山人鐵冠凌風霜，雅宜一片鐵肝腸。光同雄劍連牛紫，祥躍洪爐百鍊鋼。聚羽徒驚鴉群舞，芙蓉不發聲琅璫。争似此冠勢兀突，簪向空山吹鐵笛。有時醉倒玉峰西，一任自欹還自側。當年冠帶滿中州，那得胡塵不上頭。君獨笑看蟬冕貴，濯纓萬里滄江流。春去秋來人代改，貂温鶡勁今安在？鐵冠鐵冠誰護呵，堪此神物仍無壞。高君好古曠士襟，忽看此冠諧素心。并挾短笻裁羽服，携琴放鶴青山陰。

## 送范爾孚北歸

旅食同千里，分襟此一時。烟沙征路遠，風雨客帆遲。鄉夢隨芳草，春愁帶柳枝。平生任慷慨，能不灑臨歧。

送穆仲裕中舍還東明

我忘邯鄲道，君爲吴會游。能將五嶽興，更寫九歌愁。山水琴中賞，烟雲杖底收。歸裝餘一卷，得似少文不？

贈扈芷師歸蜀

清標燦蕣華，幽意同枯木。五嶽一孤笻，三峨一茆屋。筆帶錦江錦，囊携玉山玉。人言蜀道難，奈此摩天鵠。

題鶴林春社圖 有引

家有獨鶴，忽迷所如。人失人得，已類楚弓；自去自來，莫期梁燕矣。迺於君公之墻，復躡羽人之迹。整翮返駕，引吭長鳴，似深惜别之情，都作思歸之曲。嗚呼！雀羅閴若，鷗盟渺然，顧此仙禽，真吾德友。鶩蓬超忽，仍聯支遁之交；珠樹玲瓏，不逐浮邱之路。雖云合有冥數，亦繇去無遐心。自此可以覽游萬里，等狎鷄群；馴養千年，無虞鳥散者矣。欲致黄庭之報，遂寫青田之真。載綴短章，用存嘉話。

便欲冲霄去，能無戀主情？夢中愁失路，客裏得同聲。君公家有二鶴。巢樹經春長，歸軒一水盈。今宵不成寐，重聽九臯鳴。

## 題塵隱居三首

### 一

高情期五嶽，小隱得殘山。嘉樹成蹊徑，危峰出市闤。微吟時倚樹，愛客不開關。謝氏雲林宅，風流此更攀。

### 二

買山何足問，縮地長高樊。石秀銜空翠，苔深帶雨痕。雙梧分鳳渚，一水接鴒原。未得長慵卧，占星到德門。

三

松菊陶公徑，蓬蒿仲蔚邨。何如朱户裏，别有碧山蹲。卷幔雲生坐，登臺月可捫。泉聲朝暮響，怪底莫尋源。

過高唐

高唐齊右壤，終古作津途。山色猶銜岱，雲容不是巫。坡陀分麥隴，閭井半桑樞。歇馬斜陽下，應嗟霸氣徂。

泖塔夜坐

烟沙迴馭日，香海逗帆初。雨挾濤聲急，雲濛樹勢疏。兩涯寧辨馬，後夜忽聞魚。不是毗耶室，匡床得晏如。

## 游靈岩山

選勝從初地，傷秋問故宫。周遭懸徑仄，明滅遠湖空。人閲臺游鹿，碑看墨戲鴻。共携高士傳，展讀亂雲中。

## 夏夜逢伯玄長孺得雲字

不盡尊中興，重携竹下群。凉風先入夏，高樹暗生雲。列坐臨流近，狂歌卜夜分。留連滯歸路，祇爲戀清芬。

## 曲阿孫山人過訪鴛湖旅舍

數載掩荆扉，重來似鶴歸。貧驚故我甚，狂與世情違。歲儉誰供秣？霜寒未授衣。當湖惜别處，烟雨夜霏霏。

## 挽蘇烈女二首 有序

蘇女爲盛萬年所聘，盛亦孝子之子，以從軍死戰，忠孝節義，備於一家，尤可書也。

一

戰壘多新鬼，衡茅表大家。所生真不忝，之死更靡他。青冢顏何厚，崩城事共嗟。貞魂化雌劍，直可浄胡沙。

二

國邺傳江汜，王風續汝墳。問名曾未字，殉節豈恒聞。馬革嗟何及，鴻毛死更芬。史書蘇媛事，寧數錦迴文。

鍾黄初以余有三楚之命，亟徵余畫，謂余於畫自此遠耳，勉應其請，并係以詩徵書雖到門，猿鶴幸相恕。衹因湘楚游，故是離憂處。

贈蔣山人

青天鬱蒙茸，長松度林表。所以蔣生徑，無竹亦自好。

登翠微亭

烟迷楊柳洲，水拍芙蓉岸。我憶南湖秋，西山暮雲亂。

題杜日章册九首

世寶珠玉粟，天光日月燈。個中無一字，權説有二乘。

右會教庵

執契静三邊，陰符秘莫宣。君能參活句，盡屬圯橋傳。

右廣韜室

劍戟何森森，坐隱巢君子。君家武庫中，有戈何可止。

右止戈堂

不策盧敖杖，那張宗測圖。神功攢五嶽，且作小山呼。

右五嶽小山

澧浦長懷楚，桃源不事秦。誰知釣鼇手，榆曲早收綸。

右榆溪九曲

邊烽已寧晏，烟水澹氤氳。朝來鵝鸛陣，衝破宿潭雲。

右烟駕亭

奪取燕支山，收得嫏嬛記。一似蘂珠宫，一似汾陽第。

右嫏嬛洞

借箸張文成，投壺祭征虜。悠悠枕麯徒，不上蓮花府。

右投轄館

手佩黄金印，身藏白玉壺。請看麟閣畫，有此璧人無？

右玉舉齋

題畫贈眉公

一

隨雁過南嶽，銜鷗下洞庭。何如不出户，手把離騷經。

二

徵君待訪録，只在卷簾時。南宫與北苑，彷彿夢見之。

題爨下琴

不有焦尾人，誰知中郎賞。所以琴上弦，千秋發哀響。

垂釣圖

秋雲淡無色，溪樹紅可憐。是誰來領略？釣罷老漁船。

自畫吾松小崑山二首

一

崑山雖婉孌，却似魯家邱。故作廬峰勢，青天瀑布流。

二

夜游西園渚，初月光炯炯。徙倚岩石下，愛此林木影。

長松高士圖

虬松綉青銅，峭壁立積鐵。下有逃虚人，長嘯空山裂。

題仿黄子久畫

野色散遥岑，繁陰帶平楚。大癡未是癡，老我仍學我。

題畫共十七首

開此鴻濛荒，真成羽人宅。洪厓居可移，天姥夢亦得。

桂樹及冬榮，瑶草待春發。唯聞鸞鶴聲，寥寥上烟月。
近水晚逾碧，遠山秋未黄。夕陽寒滿地，松影落衣裳。
山木半葉落，西風方滿林。無人到此地，野意自蕭森。
石洞出雲根，觸膚雲自至。壁壘雖怒飛，只作等閑事。
隃糜磨一石，側理伸尋丈。軒軒五嶽圖，堂堂大人相。
少年多狡獪，老筆漸離披。氣韻從何取？心無贊毁時。
雲海盪吾胸，筆隨意所到。猶如剡上船，何必見安道。
虚檻列雲岫，閑階響石淙。若添千頃竹，又領渭川封。
幽人茶灶烟，每與宿雲亂。憑軒望所思，春潮渺無岸。

野客不貪涉，如何亦問津。前村黄葉裏，自有耐閑人。

清泉繞庭除，緑篠盈軒檻。坐此何所爲？惟宜弄鉛槧。

茅屋空山中，時有幽人至。指點亂雲生，不談人間事。

巘崿蓮爲峰，漣漪柳成浪。此中可卜居，於以遂天放。

客去秋林空，沙際石瀨響。好隨飛鳥歸，一路山烟上。

喬木生晝陰，清泉響寒溜。前邨杳靄中，大有雷霆鬥。

谷静鳥飛絶，天空雲度閑。爾時一回首，眼底無青山。

## 題畫雜詩

晚岫帶霞明，汀洲變蘋緑。如何萬里橋，却在蘇臺曲。

龍女是前身，鷗波不問津。侍兒能縛帚，何處拂紅塵？
弭棹月三更，秋砧斷復續。聽砧了不愁，翻理無愁曲。

## 贈陳仲醇徵君東佘山居詩三十首

一

巍然耆舊表江南，東佘雲泉恣所探。廣大代推風雅主，蕭閑時共佛僧龕。空庭籟起聞吹萬，月幌杯深對影三。辛苦山靈驅俗駕，肯容城市訝蘇耽。

二

文伯頑仙儘自兼，何須黄紙署名銜。山開窈窕藏書洞，徑翳荒榛避詔岩。老衲或來煨榾柮，槖駝嘗倩護松杉。雖然豪氣屏除盡，間咏荆軻未是緘。

三

百感中來不自拈，側身西望佘峰尖。論交雲雨今方見，閲世陽秋晚更嚴。危語逼人何咄咄，大言是處可炎炎。聞君近發琅函秘，已展紅牙第幾籤？

四

名僧會裏事瞿曇，能結孤峰白石庵。河伯謾誇聞道百，狙公何意賦朝三。清華水木如濠上，弘奬風流自汝南。却笑昔人高士傳，不將同世一爲參。

五

無限離離壓杞楠，樹猶如此爾何堪。烟波狎主誰争長？山澤雖癯已戰酣。絶域也知珍尺一，高軒奚事謬朝三。猶嫌住久人知處，見説游鯤欲徙南。

六

玄味曾同草木參，廿年相對老江潭。竹林把臂今餘幾？蓮社過橋笑有三。贈我綺琴都不報，求君青李遠能函。故人若喜彭籛在，金鼎瓊文事可諳。

七

當年游宿遍名藍，紫柏觀師也。禪師奉麈談。受記可稱千佛一，用法華，廣額事。論文曾許兩都三。應將綺語卑江左，直遡宗風自嶺南。莫訝繩床留半席，庭前樹子早同參。

八

餐取峰霞坐翠嵐，雲根劖出小終南。窗懸虛室常生白，帖仿蕭齋欲過藍。山長舊來鴻自一，市喧還笑虎成三。應憐惠子能知我，雅道寥寥有荷擔。

九

箬笠扁舟白馬談，浮生忽已鬢毿毿。無能九土游其八，不朽千秋共此三。曲水竹林分左右，青山賓主列東南。此中但可吟風月，百尺陳樓一草庵。

十

端居突兀起毗嵐，是處清凉現鉢曇。漱石更兼芳潤六，御風時見素靈三。彩天剩有書經葉，碧潤疏爲洗硯潭。身隱無文真用短，試看碑板大江南。

十一

窪盈軒畫爲誰拈？着配倪迂也自謙。枯木悠悠憑隱几，芙蓉片片見開簾。即今呼馬能無應，但説猶龍好用潛。養鶴栽梅成底事？未曾驅役老長髯。

十二

清明豈有放江潭，故里風烟不可堪。已分浮家苕霅曲，憶曾對宇峴亭南。人間鳥道丸封一，世事桑田海閲三。褊性幽栖真不惡，驪珠先已被君探。

十三

誰言司馬滯周南，若比稽康〔一〕更不堪。筆彩愧開花七七，樵青嘗掃徑三三。多君素業尋墇壤，何物閑勛抵石函？如此盤桓成二老，北山安得有林慚。

【校記】

〔一〕稽康，當作嵇康。

十四

徵君名姓徹宸嚴，谷飲岩栖實不貪。稱意沙鷗隨上下，論才竹箭美東南。蕩胸震澤吞能九，開徑柴桑益有三。儘爲草堂拈勝概，留將山史作佳談。

十五

頌酒深衷豈放憨，二豪何以視耽耽。將因巢許爲師友，自與羲皇作子男。清淺錦機裏轉七，時在七月。縱横雅爵醉揮三。孝標雖有傷時論，未見山中此盍簪。

十六

鍾牙緬邈别家慚，試向瑶琴古調參。懷友經春哦渭北，教兒當日笑城南。夢中蝴蝶花光濕，池裏蟾蜍墨霧含。隻鶴畸人形共影，故應待我鼎爲三。

十七

洗耳應停朝市談，憂時詞客未爲慚。遥聞羽檄飛遼左，何日窮廬掃漠南？虎豹愁人關自九，馬牛更僕語成三。希夷居士今如在，高枕高歌莫太憨。

十八

瑶草金光向此探，我來風日正清酣。夷門布席恒虚左，栗里懸窗故倚南。竟有聲名輸第五，恥將禪草説登三。可知嘉遯能終吉，龜筴何勞季主參。

十九

平生揮麈解圍談，名理尤從老境諳。得失渾忘聞塞上，春秋成癖比征南。潛虚只用龍初九，忌滿何如月出三。可道太玄猶寂寞，好玄今已有桓譚。

二十

十載村居傍釀壜，村農村姥得相參。玉壺觀世龜藏六，竹簡雠書豕渡三。只見陶公怡嶺上，誰知劍客是圖南。近來賓晉先王略，不作蘭亭聚訟談。

二十一

今古閑愁了不擔，翛然方内有鸞驂。谷名子午真盈一，坐守庚申不但三。處士占星常斗北，詩家浥酒或箕南。爲君署取凉心館，若個游人肯細參。

二十二

爲事丹鉛不種藍，閑將草木志稽含。斬新松傲秦封五，娟秀花開少室三。流咏須臾成洛下，徵圖早晚詔江南。憑君醉舞迴雙袖，長泖驅爲拾月潭。

二十三

忽憶驅車過楚潭，德山猶有德山庵。岧嶤鷲嶺銜天半，直截牛車見佛三。般若無知傳教外，菩提非樹本宗南。前身金粟維摩是，丈室相看已罷參。

二十四

漸剪茅茨漸卓庵，圖書成府亦潭潭。詞壇懸幟多奔北，古路先驅作指南。常有玉晨沓賚十，未聞石户羡徵三。比來門外維舟慣，不爲乘風利涉貪。

二十五

別有超超上駟驂，拈來恐似老生談。逍遥不必溟飛北，炳蔚端成霧隱南。擲地賦聲如振萬，先天玄理自函三。枕中一卷庖羲易，衹覺王何思未覃。

二十六

憶昔論交自篠驂，雖更出處豈商參。阮家犢鼻貧驕北，先世狐書史愧南。豈有風流分仲二，差憐骨相共朋三。壯君筆力能扛鼎，不爲清羸弛負擔。

二十七

山叟從無對影慚，科頭露坐過仍甘。關情空谷腸迴九，絶意王門足刖三。草可忘憂都樹北，風能解愠自來南。軟塵不上清虚界，酒德文心日共酣。

二十八

東軒曝背語成函，仲醇有遼議。一飯忘君未可甘。主帥窮兵真計左，胡兒牧馬漸過南。沙場白骨高尋丈，御府朱提豈再三。却把國殤連太乙，九歌深意許誰參？

二十九

誓比黄河開國男，酬恩當取虜頭函。鏡中魚鳥頻虚伍，笛裏梅花漫奏三。美醬幾時陳戲下，藁砧何在咏扶南。翻慚梁甫行吟者，絶塞山川聚米談。

三十

滿貯詩囊不待探，風流勝賞事偏諳。寄愁直欲還天上，招隱時聞過水南。有橘可能摘楚頌，無花大類説燕函。凭高輒吐驚人句，爲道平生僻性耽。

## 贈蔣山人二首

一

怪底人幽地亦幽，桃花源裏蓼花洲。烟嵐屈曲深開徑，雲水蒼茫不繫舟。野史故應成馬走，新交未覺勝羊求。聞君嗔我慳書畫，青李來禽肯寄不？

二

閑來倚棹吕蒙城，幾度從君聽鶴鳴。歲儉自饒千樹橘，氣豪寧食五侯羹。酒人直許中賢聖，農話惟應較雨晴。史筆倘修高士傳，蔣家今古兩元卿。

## 杜日章將軍榆溪釣隱圖 有序

杜日章將軍有詩集數種，乞言海内作者爲引爲序，若東阿于宗伯、平原邢子愿、吴門王百穀，吾鄉馮元成與金馬門諸君子，皆有贈，真今之好事者。今又作《釣隱圖》，徵集題咏，不嫌譾陋，索詩於余。余又爲賦榆溪釣徒一章云。

濠梁之樂子非我，欸乃一曲秦無人。手鑄黄金爲少伯，頭簪青笠比玄真。胡兒飲馬留泉脉，海客盟鷗問水濱。烟艇莫言空載月，半營魚陣半垂綸。

## 秋日泛泖四首

### 一

帆前送目四天無，長泖雲濤接具區。不以盈虚隨海月，直於伯仲見江湖。澄鮮空水通禪觀，浩蕩烟波混釣徒。莫道行吟惟澤畔，采華幽興未能孤。

### 二

九點芙蓉墮淼茫，平川如掌攬秋光。人從隱後稱湖長，水在封中表谷王。日落魚龍驕夜壑，霜清鐘磬度寒塘。浮生底閲風波險，欲問兼葭此一方。

三

白芷青蘭夙有盟，浮天一葉帶鷗輕。幾經陵谷長爲沼，似障波濤復化城。漁浦每看罾在屋，莼鄉寧悵食無羹。只疑重向瀟湘道，試聽參差野賽聲。

四

遂作浮家海上翁，迢遥烟艇泬寥空。青螺拔地存堯市，白馬凌波立梵宫。客有入吴觀欲止，吾將泛斗路非窮。不須更喻迷津筏，自得遺珠象罔中。

天馬山游眺

天畔峰形望裏微，到來烟靄破岩扉。半空疏梵虚無落，上界天花歷亂飛。百里湖光開水鏡，一山雲氣晃人衣。何須回首聽鐘後，已覺青蓮社可依。

## 咏史四首

### 一

漢家經歲事和戎，彩繒曾無到後宮。怪底蠲租仍有詔，非關時令易爲豐。

### 二

鳴珂共赴午朝時，宿衛環羅退食遲。若道傳餐非盛事，恰如成敗論行師。

### 三

金華殿裏是崆峒，分直談經禮數崇。爲問君門千萬里，儒臣何路向重瞳。

### 四

赤地三年一婦冤，海東連坐又何言。土龍不解行霖雨，日表應須照覆盆。

## 讀寒山子詩漫題十二絶

一

聲色無端不我期，緣心應處亦如之。若人欲走無生國，除却斯門總路歧。

二

六根選擇耳圓通，竅在無思自應中。此觀若成何以驗，人嘲人贊響排空。

三

儒衣僧履道家巾，三教無依是此人。餘子紛紛立門户，長空不倩掃埃塵。

四

怪底前人忒受瞞，一生知破幾蒲團。争知信得迷時及，隨分阿鼻與涅槃。

五

勛業終歸馬伏波，閑身孰與釣臺多。金剛圈子纔吞却，百劫熏修不奈何。

六

接得西來最上機，一生須及盡玄微。但言頓悟無修證，熱病教君失轉依。

七

種種綱宗是卦文，吉凶請向自家論。若言密宗傳心印，辜負當天月一輪。

八

家資百萬擲湘流，太華山邊撤石頭。個是學人真榜樣，深閨兒女漫悠悠。

九

羽士争談不死方，到頭若個免無常。神仙留下真丹訣，先取生時死一場。

十

千樹青松養聖胎，常年石户不關開。山中莫道無儔侣，片片閑雲自往來。

十一

舉着空宗便道無，如盲説象太模糊。請君自對秦宫鏡，兩道眉毛歷歷孤。

十二

赤骨蕭然已露形，更堪槖蓋逐狐精。年來賭去千金駁，但任跛驢三脚行。

## 贈湛懷上人

衲子相逢不問年，袈裟遍拂五茸烟。朝來試剪吴江水，着爾空林落照邊。

## 贈覺虚師説經超果

龍象森森奉麈談，直拈教外首楞嚴。欲知末會人天供，雪後梅花百鳥銜。

## 贈黄企石堪輿

芒鞋踏破萬峰雲，手勘青囊玉髓文。荼磨山頭成共宿，何年黄石再逢君？

## 贈倪冰泉相士

三度相過二十年，中更陵谷幾茫然。不須更揣神仙骨，似我林泉已近仙。

贈八歲楚童諳字韻者

能賦方圓動静詩，瀾翻反切亦如之。京華無限簪纓客，識字何如八歲兒。

贈王子玉

燕子樓空楚夢孤，舞人誰得似飛奴。朝來試彷眉峰影，何處青山不是巫。

贈黄愛春

桃花洞口竹園黄，一抹宫雲淡曉妝。誰信蓬萊會清淺，闔閭城外即滄桑。

房村夜宿劉庄談河事

柳外青帘颺晚風，宣房遺迹草連空。誰知半卷河渠記，恰在停驂夜語中。

## 上苑桃花二首

一

宜春苑裏占春多，爛熳紅霞發早柯。却憶禁林成徑處，雲扶步輦一經過。

二

灼灼宮桃濕露華，人間萬樹失芳葩。有時源上隨流水，盡日天邊自雨花。

## 鸚鵡麗人

解語名花鳥亦猜，隴山飛翠薄妝臺。可知楚客高唐賦，輸與漁陽鼓吏來。

## 題畫贈眉公

### 一

何處江山好定居，卜隣真擬傍專諸。騷人已落滋蘭事，濠叟猶傳説劍書。

### 二

岡嵐屈曲徑交加，新作茆堂窄亦佳。手種松杉皆老大，經年不踏縣門街。

## 畫扇贈别憨師戍嶺表

參得黄梅嶺上禪，魔宫虎穴是諸天。贈君一片江南雪，洗盡炎荒瘴海烟。

畫家霜景與烟景淆亂，余未有以易也，丁酉冬燕山行役，或早或暮，道上乃始悟之，題詩驛樓云

曉角寒聲散柳堤，千林雪色亞枝低。行人不到邯鄲道，一種烟霜也自迷。蓋與雪景同，但不鋪地作空白耳。

題畫贈張平仲水部

十月江南野色分，漁莊荻浦見沙痕。若爲剪取吴淞水，著我微茫笠澤雲。

題畫爲楊弱水侍御

緑溪青嶂是秦餘，靈鏡今歸藏史居。素友詎迷初得路，頑仙曾讀未焚書。

題畫贈江陰夏茂卿

毗山對酒和陶詩，千載柴桑是爾師。敢道柴桑輸一着，出山何似在山時。

題畫送人歸江西

歸鴻別鶴夜鐘殘，徒倚霜庭醉不歡。頗憶故山空翠否，天涯相向畫中看。

爲眉公作茗帚庵圖并題

仲舉無心除一室，盧鴻有句寫千峰。欲參茗帚閑中意，九點秋山雨後容。

廣陵舟次題房侍御畫竹

一派湖州畫裏詩，娟娟疏篠兩三枝。朝來邗水帆前雨，正是龍孫長籜時。

舟次薛瀫望馬鞍諸山，仿趙吴興水村圖

紫蘭芳杜罥長堤，不盡風塵越壘西。疏雨遠將晴樹暝，薄雲低壓曉峰齊。

## 題畫贈友

波面菱絲罥釣鈎，宿雲初起亂啼鳩。縱然漁父無生計，不换荆揚估客舟。

## 題　畫

老樹成雙便作扉，山光晃晃耀人衣。西郵有叟入城去，倩唤借書童子歸。

## 題倪雲林畫

洞天深靚秘清都，彷彿群真在玉壺。若個丹青能幻出，倪迂端勝米於菟。

## 仿李營丘《寒山圖》有序

余自弱冠好寫元人山水，金門多暇，夢想家山，益習之。憶顧益卿開府遼陽，以兩箑求畫，一爲益卿，一爲山人王承父。余畫承父而返益卿扇，報章云左相宣威沙漠，右相馳譽丹青，皆非吾輩第一義，俟歸山以相怡悦耳。蓋簪裾馬上，君子未嘗得余一筆，而余結念泉石，薄於宦情，則得畫道之助。陶隱居云：「若不爲無益之事，何以悦有涯之生。」千古同情，惟余獨信非可向俗人道也。今年春，有朝貴疏余雅善盤礴，致塵天聽。余聞之，亟令侍者剪吴綃縱廣丈許，磨隃麋瀋，秉燭寫李成《寒山圖》，經宿而就，遂題此詩，以洗本朝士大夫俗。夫韓滉、燕肅、宋復古、蘇子瞻皆善畫，朝貴腹中無古今，固應不知，第以爲罪案。但可曰「不能遣余習，偶被時人知」，如摩詰語耳。視此曹求田問舍，殺人媚人，一生作惡業者，何啻梟鳳，而妄下語乃爾耶。世必有能知者，余亦何以爲意。

拈筆經營輞口居，心知餘習未全除。莫將枕漱閑家具，又入中山篋裏書。

## 題倪迂畫二首

一

剩水殘山好卜居，差憐院體過江餘。誰知簡遠高人意，一一毫端百卷書。

二

錫山無錫是無兵，怪得倪迂不再生。但有烟霞填骨髓，可知吾法本同卿。因仿雲林畫，題此。《錫山志》云：「有錫兵，無錫寗。」余以雲林生於勝國，故云。

題茅齋水墨畫

爲憶城南池上篇，新秋落月片帆前。草堂未便驚猿鶴，招取幽人對榻眠。

題仿黄子久畫

積鐵千尋屈紫虚，雲端鷄犬見村墟。秋光何處堪消日，流澗聲中把道書。

題紅樹秋色

山居幽賞入秋多，處處丹楓映黛螺。欲寫江南好風景，霅川一派出維摩。

題仿倪迂畫

迂翁高卧九龍雲，清閟風流海外聞。雪後江山青似染，拈來却勝李將軍。

## 蔣柱

字叔承。明萬曆時庠生。主編《蔣氏族譜》八卷。居鶯竇河之東。

### 樂耕堂頌

朝氛蒙中土，四海流羶腥。資之潤稷黍，百年不成馨。聖水洗餘穢，皇風扇群靈。隴上有生意，畊野無窮民。東皐候零雨，早作披晨星。歲事辨稌黍，日計較陰晴。豈不勤四體，樂此不爲辛。且畊而且讀，桔槔雜書聲。田疇秋有獲，翰墨春一鳴。犁鋤方卒事，内召趨神京。禁直有餘暇，傍徨念先臣。構堂志遺德，特筆顔其甍。陟降庭上下，彷彿如有聞。勒成三字額，百世視箴銘。

### 勤織堂頌

海上無蠶桑，潮沙宜吉貝。織作成文章，授衣此爲最。道婆昔已殁，遺風猶未艾。母也實繼之，有過無不逮。食貧早有年，朝暮織是賴。别色上鳴車，震彈聲户外。縷縷出岫雲，翆翆發竅籟。晨梳逐流星，夜緯乘餘暖〔一〕。習慣亦性成，相耕天立配。我生忽不天，夫子中道背。煢煢歷艱辛，服勤毋乃太。膏火伴咿唔，程限兩相待。課讀二十年，學成感帝賚。就禄赴京華，眉壽無有害。慈訓志生平，勤織名公廨。賜省鶯竇側，小水一衣帶。臨湖作新堂，堂額郡乘載。書由徽國來，文向泰和丐。仰瞻龍蛇生，俯矚錦綉在。婦女百世師，作者不可再。願言有尹吉，望古心與會。

【校記】

〔一〕餘暖，當作「餘曖」。

## 尚義橋頌

溱洧有乘輿，鶯竇無徒杠。奈此病涉民，臨涯意傍徨。一水分地域，東西徒相望。蒙恩視故事，立表旌其堂。豈不被榮寵，忍見濡衣裳。移費采山骨，聚石架河梁。與其榮吾家，孰若利吾鄉。通道行坦坦，中流水洋洋。不煩官府檄，豈資里閭纕。百年付逝波，遺愛視道旁。仁人不可作，宛在水中央。顧瞻先民志，尚義名允當。

**蔣爾芳** 字君賓。明萬曆時青邑庠生。主纂《蔣氏族譜》。世系居鶯竇河濱。

## 咏尚義橋

正民心事用還餘，桑梓杠成病涉除。好似來雲波上卧，何須暫假國僑輿。

移資采石惠加鄉，仁育源頭遞及長。想見當年憐問渡，忍教綽楔焕門墻。

樸耕秀讀奮重修，共羡芳型奕禩留。若得子孫咸尚義，祖風勿替仰詒謀。

鶯湖九老會詩

湖爲聞鶯友易求，李公有記記名流。九峰分作九人壽，一月欣逢一日留。想見殷勤談道義，豈圖餔啜訂交游。於今我亦蒙天假，七十雖逾奈寡儔。

**蔣光紳** 字垂甫，號景暘。明天啓湖廣武昌縣主簿、杭州前右衛經歷。欽差本路海塘公務事竣，奉頒欽褒奇迹額。政迹載《上海縣志》。居鶯竇河濱。

鶯湖九老會詩

鬢齡相與髮俱斑，舊雨重聯解組還。泖上九峰如指數，徑中八老盡投閑。既傾斗酒茶堪啜，爲有山肴肉可删。按月惟教成一集，陶然共醉菊花間。

## 蔣玉如

字展成，又字爰成。明天啓金山衛學廩生。居鶯竇濱。

### 鶯湖九老會詩

太平得遂故園游，杖履還欣合志求。舊雨重聯開徑待，新詩静唱好風酬。問年共指松間鶴，佳會頻添海屋籌。月舉一觴期永日，清芬曠代尚歌謳。

## 何剛

初名厚，字慤人。崇禎三年舉人。擢職方主事。福王立，給事中陳子龍薦剛訓練水師。時馬士英當國，置疆事不問。剛上疏極陳時事，不能用。進員外郎，以其兵隸史可法。馬士英惡可法，并惡剛，出知遵義府。方渡江，聞揚州被圍，還佐可法拒守，城破投井死。《明史》附《史可法傳》。《上海縣志》載剛初得家書報生子，頷之，此詩即得家書時作。清乾隆四十年，謚忠節。《何氏族譜》載公家吴會，墓在閔行西沙岡東五十一圖。

### 答賀舉子詩

甲申人日，臨朐道中聞於季冬四日舉子，諸子以爲慶也，相與倡和，率爾酬答，爰申鄙意。

眼看風景一番新，客路幾忘日是人。漫説充閭多喜氣，應憐許國有勞臣。策命分符歲又新，馳驅鞅掌得同人。共期戮力匡王國，敢望他年有世臣。載姚聽岩《松風餘韻》。

**郭開泰** 字宗林，號壘址。明上海縣廩生。崇禎十四年歲貢廷試，未仕。著有《味軒詩稿》，章颺高爲之序；《雙玉樓詩集》，王宗蔚爲之序。居邢竇河。

題叔父衛卿公像

古貌若冲，素心若侗。喜怒不見，長厚門風。黑甜一枕，白墮百鐘。理亂罔聞，榮辱奚從。嘗考古人，萬石君聞以孝謹，馬文淵惡談人過，張公藝詒謀百忍，而龐德公未嘗臧否人物。噫，合而言之，斯其爲吾翁之德容。

題叔父始卿公像

千金可揮，慷當以慨。萬人吾往，不惴奚待。想其胸中之鮮芥蒂，故行事無愧於一生，而聲施直可垂乎百代。是之謂偉丈夫之概。

## 題叔父南泉公像

猗與吾翁，胸懷渾噩。其氣木鷄，其形野鶴。十畝閑閑，田畊井鑿。一經課孫，夜思蚤作。私積不營，官租如索。猗與吾翁，今之古人，無愧無怍。

## 自題小像 有序

丁雲壑善寫生，寫余小像，以余自號罍耻點綴其間，因而感賦。

不卒惟余一蔚蒿，依希小像奈寬袍。形容留在仍秦贅，慘澹傳來甚楚騷。欲廢蓼莪誰弟子？漫圖缾罍列賢豪。亦知生不死如矣，悔却今朝倩彩毫。

## 送何慤人將水師南上詩

半壁東南幕府開，閱師江上亦雄哉。無衣時賦同仇什，有變終杍禦侮才。十二功臣麟閣上，六千君子錦衣回。試看此日旌旗展，那許風塵拂面來。

# 卷二

## 董含

字閬若。明吏部左侍郎羽宸之孫。清順治甲午舉人，辛丑進士。授推官。不樂仕進，專心著述。著有《三岡識略》十卷（即《莼鄉贅筆》）、《盍簪感逝録》二卷、《古樂府》二卷、《閔離草》四卷、《閑居稿》三卷、《北渚草》二卷、《林史》一卷、《山游草》二卷、《安蔬堂詩稿》十卷。初居紫岡老宅，後遷，今屬馬橋區匯橋之北。

### 題文敏公秋江風雨圖

杳杳烟波深處，垂竿獨坐漁磯。却棹扁舟歸去，灘前白鷺驚飛。縹緲烟横遠岫，朦朧雨暗前汀。一派江南好景，何人移入丹青？

### 相思鳥

吴興城中山繚繞，中有靈禽羽衣小。翠衿儇捷落岩前，紅嘴玲瓏翔樹杪。人言此鳥名相思，虞人弋得雄與鵃。削成柘彈休輕打，放入金籠好護持。携歸試掛簾釘下，一去一留長不舍。高逐仍依翡翠屏，低飛只傍鴛鴦瓦。相思原自別離生，孤鸞寡鵠空悲鳴。經年飲啄不暫棄，對此偏增伉儷情。人情那得常相守，夕趨路旁朝聚首。紛紛眼底變愛憎，誰肯將心更憐舊。叮嚀莫學買臣妻，好向韓憑墓上啼。照影不慚魚比目，回頭休妬燕雙栖。

戲贈族兄象孚，時已重聽

終朝兀坐懶逢迎，有酒須邀社日傾。席上麈揮惟見笑，窗前葉落不聞聲。虚傳磁石能通竅，漫采菖蒲爲益精。入仕尚堪充著作，世間仍有杜臺卿。

過拂水山莊吊錢牧齋姬人柳如是

山頂流泉入屋中，迴廊曲曲閉春風。鄴侯書去空存架，惟見江梅繞砌紅。

滿壁丹青寫舊辭，朱蘭碧樹尚參差。燕樓寂寞佳人死，不枉當年賦柳枝。

## 當湖陸園

亭臺迴合鎖江濱，古樹蒼枝薜荔紉。風颭亂蘋朝駐槳，月明藂桂夜留賓。參差竹徑行偏杳，蕩漾溪流境轉新。聞道昨宵雙鶴下，小樓弦管祝花神。

## 五湖

白雁横空木葉飛，峭帆西去訪靈威。那知咫三尺山〔一〕路，萬頃風濤輟棹歸。

【校記】

〔一〕「咫三尺山」，當作「咫尺三山」。

## 春雪

臈雪連春雪，春寒勝臈寒。凍梅舒蕚晚，渴鷺啄冰難。税急衣頻典，年荒甕久乾。舊游零落盡，何處覓新歡？

## 築塘謡

朝築塘，暮築塘。我從塘上行，天水何茫茫。憶昔采石東海東，蜿蜒萬丈浮長虹。穀城相君舊作郡，指穀城方相國岳貢。手撑半壁排鴻濛。只今已隔七十載，故壘摧頽迹猶在。如山雪浪恣奔騰，竊恐桑田變成海。縣官坐公署，慨然議重修。按畝派金錢，急公誰敢尤。令嚴斂逾萬，所費纔及千。其餘勢尚緩，剜肉情堪憐。官府歌呼胥隷舞，分得官錢作私課。摩牙吮血意未休，炎荒那管人飢餓。天吴象罔何鴟張，年年估價計亦良。簿書開銷報功速，粉飾聊遮衆人目。國事全憑食肉謀，主恩民力兩難酬。君不見微禽尚矢填波願，邑女空懷漆室憂。

## 奇旱感雨

三時已過未分秧，澤國塵沙十丈黄。赤帝不傳雷雨令，白鷗猶憶水雲鄉。籬邊抱甕侵朝露，松下披襟納晚涼。怪殺潭西狂道士，緑章頻上信茫茫。

## 遂園禊飲

諸公高會繼耆英，愧我新從谷口耕。佳節敢忘元已約，不才偏繫故人情。

林泉寂寞青雲隔，歲月棲遲白髮生。聞道登臨能作賦，揮毫應許野夫賡。

暫捲絲綸狎釣竿，春來選勝共追歡。尊前繫鉢催銀管，樹底行厨捧玉盤。

冠蓋東山雙履健，鶯花南國袷衣寒。幔亭遥羡神仙會，咫尺風塵到更難。

産　芝

靈芝宫殿鎖仙山，塵世何緣覓九寰。應是群真憐雪鬢，一株移贈到人間。

玉樹烏衣敢自誇，靈根三秀异凡葩。庭前已長科名草，莫遣文章讓杜家。

生　孫

七十生孫未是遲，新條伫看拂雲時。魏公尚有傳家笏，留取他年付阿芝。

## 游横雲山

畫舫輕橈蹙浪紋，繞堤晴翠水沄沄。丹峰倒障林邊日，白鳥斜衝嶺上雲。古寺泉聲雙磵落，夕陽烟影半帆分。勝游病怯黄桑屐，管領青山屬使君。

## 暨陽潘次耕見招即席口占

屈指交情各黯然，客中招客共流連。才高何意翻招妬，道直從來不受憐。摇落江邊逢舊雨，蕭疏燈火近殘年。五湖隨處烟波穩，莫遣青霜到鬢邊。

## 贈　女

幼女纔九齡，聰慧殊常兒，已能侍奉湯藥，作詩贈之。

宛轉憐嬌女，晨昏繞膝多。折花簪小髻，撲蝶捧輕羅。箋襞偷描字，奩開學畫蛾。他年同月上，常伴病維摩。

## 匿荒行

去年旱灾荒過半，粒食雖艱價差賤。今年蟲灾不可説，嚙斷禾心枯欲遍。磨鎌垂割苗已空，遮陌連畦白如霰。一石纔讐一斗穀，稻莖狼藉根零亂。奸農恣食復竊藏，升斗肯呈田主面。僕夫到鄉傳憲檄，擇日開倉急流電。發言未畢幾被縛，結黨持刀如拒戰。縣官勘灾下村落，初亦攢眉減歡宴。豈料移荒反報熟，剜髓敲筋憑判斷。虎差索錢朝打門，使氣咆哮聲未善。傷哉此冤將安訴，百歲老翁幾經見。吴閶檇李地接壤，獨怪吾鄉罹此變。賣兒换米償未足，眼見流連死他縣。低昂詎敢尤蒼穹，積孽或遭天所譴。嗟予薄田止二頃，一粒何從供午膳。甑欹税迫妻孥愁，爲此躊躇疏筆硯。誰將此情達至尊？滿目瘡痍期顧眷。賤子飢寒何足云，瘦來鶴背乘差便。

**郭世傑** 字企仁，一字彭年，號芥圃。金山衛廪生。清康熙十七年歲貢。授安慶府潛山縣訓導，陞授淮安府山陽縣教諭。著《孝經廣義》。居邢竇河郭家老宅。

## 追步先大人自題疊耻肖像韻

本是菁莪自等蒿，感懷蕉鹿老青袍。願言終養嗟風木，不盡含情寄楚騷。圖寫融融殊未邈，描摹嶽嶽亦何豪。爲壘更有壘相繼，耻在承歡没半毫。

沛霖侄七十壽

猶子已臨古稀，諸父八十逾七。余方退老而歸，子乃宅安不出。髮鶴同其蒼蒼，杖鳩亦且秩秩。何鄉可以采芝？結侶忘乎叔姪。

**蔣鳳毛** 字紫綸。清康熙府庠廩生。居鶯竇河濱。

尚義橋頭水自流，香山韻事復堪修。椿齡群羡鄉耆集，蔗境同添海屋籌。坐並八公情最洽，交如二仲興還投。蒓鱸此日堪酬願，箕斗功名杖底收。

**蔣其貞** 字蒓客。清初邑庠生。居鶯竇河濱。

詠尚義橋

一人恩逮萬人霑，衢得橋成亨可占。何聳巍坊鄉未利，東南有何氏鴻臚寺石坊一。屠高華表歲徒添。北有屠總藩墓多石器。那如司諫惟存厚，爲便征途似守謙。題柱惜無賢後起，空思祖德陟頻瞻。

**蔣炎孫** 字處冲。清康熙邑庠生。居鶯竇河濱。

鶯湖九老會詩

一老風人詠憖遺，香山此日復堪追。縱教醉月無兼味，每遇看花共解頤。我欲誦芬成雅集，誰爲尚齒繼遺規？至今光景猶堪憶，想見當年群壽眉。

**蔣　煜**　字賡昇。清康熙國學生。居鶯竇河濱。

鶯湖九老會詩

故園可樂挂冠歸，事繼香山興未非。皓首仍欣蘭是臭，蒼顔合與鶴相依。重携雲樹鶯湖畔，傾接簪裾竹裏扉。把酒桑麻時話舊，共忘窗外日斜暉。

**蔣景曜**　字涵萬。清康熙國學生。樂善好施，邑侯李公曾給「澤普桑梓」額。居鶯竇河濱。

鶯湖九老會詩

故交轉瞬髮俱星，嘉會頻教倒緑醽。握手清風襟上起，連床好雨枕邊聽。七旬上並齊康壽，九老人中盡鶴齡。是否白公今復作，後先媲美仰餘馨。

**蔣式金** 字敬持。清雍正時奉邑附貢生。事親以孝聞。居鶯竇河濱。

詠尚義橋

昔聞給諫告還鄉，目擊河干問渡傷。立志由來仁是宅，建坊適會事堪商。推恩願采山中石，利涉先興澤畔梁。義舉回思年幾百，口碑猶覺齒生香。

**蔣南金** 字荆獻，號碧峰。清乾隆廣東即補布政司都事，借補潮陽縣丞，署潮陽縣知縣。居鶯竇河濱。

鶯湖九老會詩

憶自潮陽解組還，重尋舊雨半闌珊。已嗟白首空追昔，對飲黄花只獨閑。安有九人時握手，並無二仲共開顔。誦芬欲繼當年會，神往高風渺莫攀。

**蔣宗祚** 字企八。清乾隆時歲貢生。居鶯竇河濱。

### 咏尚義橋

不入天台渡石橋，參藩遺澤頌聲遥。環來似鎖鶯河水，跨去如攔歇浦潮。東里乘輿猶小惠，西園染翰此芳標。舍坊尚義移恩帑，利涉于今閲兩朝。

### 鶯湖九老會詩

香山神仙儔，娱老雅懷寄。嘉會得九人，良辰不兩地。朝野慶時和，山林集人瑞。千載仰高風，迄今勞夢寐。吾祖參藩公，歸田合此意。建橋便徒行，取名曰尚義。選閑招朋儕，話舊忘勢位。富貴等浮雲，契闊欣交臂。每月一飛觴，樂群還將饋。秋九與春三，羊裘尚嫌二。數如泖上峰，宴盡人中驥。蒓鱸味最佳，櫻笋香先醉。論文賞新奇，吟詩絶諷刺。蔣徑掃而開，李公爲之記。至今幾百年，無復耆英萃。回首誦清芬，恍睹兩居易。

**蔣　粹** 字蔭嘉。清乾隆邑庠生。居鶯竇河濱。

鶯湖九老會詩

娱老惟從合志求，九人聚會若仙儔。不妨市遠無兼味，却喜心閑得自由。花滿芳樽皆渭北，徑添益友盡羊求。事同白社風斯古，娓娓清談意恰投。

**蔣西庚** 字秩天。清乾隆時邑庠生。居鶯竇河濱。

咏尚義橋

長使人由義，臨流橋乃成。家榮惟我族，鄉利遍群生。匏葉詩停咏，霜華迹任盈。往來資四達，嘖嘖頌芳名。

## 蔣　堉

字郢高，別號豈匏。清乾隆時國學生。著有《從吾齋稿》，並主修蔣氏宗譜。居鶯竇湖之東。

### 鶯湖十景詩

**自卑聞磬**　自卑，今稱慈悲，庵名也。郡邑志載，先方伯檢庵公江滸遇神，歸戒子孫弗供家堂，因建是庵，以供香火。每有清修高衲于此挂錫焉。其開山祖，僧號自卑，雅愛磬音，晨夕戛擊，遐邇傾聽，幾與湘陰仙唄並傳逸韻矣。

徑曲花深僧誦經，幾回清磬韻泠泠。塵心應使聞俱寂，別夢還教到易醒。雲外晨鐘將共遠，月中暮鼓倩誰聽？投齋烏鵲群飛下，不斷餘音户已扃。

**尚義落虹**　尚義，橋名。郡邑志載，檢庵公在諫垣時，有司舉故事爲立表於門。時鶯竇湖病涉，公曰：「榮我家，曷若利我鄉乎？」即移表帑，建石梁於湖上，名曰尚義。迄今數百餘年，望之猶若虹環焉。

通衢安可少河梁，移帑填橋利我鄉。今日往還忘唤渡，他年寒冱免褰裳。半天彩落環烏鵲，兩岸陰深接緑楊。爲把君恩來濟衆，義聲千古共流長。

雙杏垂陰　銀杏二株，在敕賜從仕郎愛園公墓後，係前明嘉靖乙卯三十四年營墓時植。其大兩人不能圍抱，高有幾仞，遠望淩霄。傍生垂藟，長可數尺。層陰密布，空翠落人衣帽，夏日羅坐其下，幾忘炎暑。

鬱鬱葱葱幾百年，交柯並蔭我家阡。久依支漊水邊古，如帶慈恩寺裏妍。得氣漫矜能拔地，鍾靈争羡欲參天。餘陰尚庇雲礽遠，飛鳥何時傍後旋。

重坊旌節　我蔣氏節坊有五：一爲理甫公聘室胡氏，未婚守志建；一爲邑庠生道生公繼室曹氏建；一爲衛庠廩生紫綸公配黄氏建；一爲邑庠生貤贈文林郎史成公配、貤贈太孺人郭氏建；一爲儒童學宗公配孫氏建，皆在湖之左右。恩綸稠叠，使冰霜節操得耀日輝光，誠异數也。

坊建鶯湖西復東，後先輝映聳雲中。一門苦節扶倫紀，五氏恩光著令功。合享烝嘗祠可立，並登志乘筆從公。巍巍相望垂千載，巾幗原堪挽世風。

**樂勤遺構** 樂畊、勤織，兩堂名。省郡志載，檢庵公在京時，賜第告歸，後又築堂鶯湖上，仍其額，一志父德，一養母志。康熙間，宗人欲私拆其居，謀爲造壙地上舍。蔚文公呈縣保留，蒙邑侯李公發枝批：先賢遺構，不得輕毁，着鄰甲保護，給帖存案。今存五六楹，子孫守之。湖之西亦有二堂，乃萬曆間從仕郎愛園公重建云。

舊第從來禾黍多，我家何幸尚巍峨。一犁想見春前雨，半軸如聞秋夜梭。作室當時勤孝養，肯堂奕世著詩歌。相傳四百餘年後，源遠流長未雀羅。

**邢竇故墟** 郡邑志載，湖以邢、竇二姓所居得名。二姓盛於宋元間，邢與我家世爲婚媾，而竇則交好無聞。想當時甲第連雲，爲此湖生色。今一望蕭零，寒烟衰草，令人不勝今昔之感。

人往時遷未了因，猶傳兩姓結芳鄰。邢姨詩咏侯何貴，竇氏祥占桂聿新。似檢衣冠思尹吉，如連村舍話朱陳。欲尋遺迹今何在，廢瓦頹垣問水濱。

**蔣祠弦誦** 余見族中子弟無力讀書，因于乾隆戊戌歲設塾祠中，雖未必能培植大才，或于幼學不無小補云爾。

祠傍湖邊遠市闤，不妨緑滿草忘删。弦歌韻繞烝嘗地，俎豆香流經史間。十載奇文應共賞，四時樂意却相關。先芬行路多稱道，又得新添玉笋班。

屠墓樵吟　墓係前明布政屠兩岡之兆域，其孫肖江茂才即威海衛分府瞿濱公之婿，因贈此兆以葬其祖。當時規模壯麗，樹木森然，今則碑傾碣卧，樵夫牧子吟歌其中，莫知所禁矣。

方伯佳城本鬱威，何來樵唱墓門圍。殘碑誰爲摹荒蘚，翁仲空教對落暉。遥和漁歌還自樂，每隨牧笛似來歸。一爲憑吊思興廢，欲共松楸嘆式微。

南浦歸帆　九世叔祖浦陽公以孝廉出身，歷宰蒲臺、會昌兩邑，多惠政，而清廉自矢，兩袖清風，其封翁澹庵公設絳授徒，送窮靡計，公因告歸終養。乃著是題，遍徵吟咏，迄今傳誦云。

出宰時悲問視遥，幾經雨晦與風朝。片帆高挂長沙日，一葉輕浮尚義橋。豈爲蒓鱸旋解組，却瞻屺岵理歸橈。到家適得風來助，舞彩堂開對好潮。

東皋采藥　東皋者，湖之西偏一土阜也。在上舍叔泰徵公所居之前。公好古，兼愛施送藥物，嘗隨湖之勢，高者增土如山，低者削平以種藥草。諸苗舒花布葉，五色爛然，暇時徙倚齋頭，頗得生趣。

何年種藥傍湖灣，高岸逶迤似近山。松下問童雲未散，橋邊着屐草先删。提筐適興常舒嘯，拍蝶尋香好趁閑。倘向斜陽頻陟望，天空飛鳥倦知還。

## 蔣韞山

字崑照，號潤哉。清乾隆時國學生。精醫理。居鶯竇河濱。

### 咏尚義橋

鶯湖一望水迢迢，有客褰裳病汐潮。適逮上方隆寵錫，隨移坊帑建杠橋。昔謳匏葉愁呼渡，今誦輿梁便負樵。利遍一鄉懷舊德，千秋尚義頌聲遥。

### 鶯湖九老會詩

九人六百五十歲，三徑重開延大年。占得東峰亭上客，合成履道會中仙。鬚眉掩映梅争白，詩酒招邀菊獻妍。堂敞樂耕歡列座，湖臨鶯竇快鋪筵。燕居共得閑中趣，鶴算多從杖底添。盛世昇平皆壽考，繪圖應共洛中傳。

## 蔣如珏

字兩成，號竹雲。清耆士。襟懷曠達，怡情花木。居鶯竇河濱。

### 咏尚義橋

畫船飛渡夕陽中，那及橋通澤國洪。德共長流同久遠，人占利涉便西東。上方錫類恩尤重，移帑成梁惠亦隆。豈爲行奇示譽地，直將義膽答元功。

## 蔣徑三

字來仲。清布衣。居鶯竇河濱。

### 鶯湖九老會詩

鶴髮飄蕭雪滿頭，良辰相聚樂優游。樽前花鳥皆堪悦，杖底烟霞倍覺幽。列坐何殊唐代老，交輝遥映漢時侯。余家本九侯分支。年年此會知誰健，便覺壺中日月修。

## 蔣謙受

字益齋。清布衣。居鶯竇河濱。

### 鶯湖九老會詩

履道遺風共杖鳩，一觴一咏自悠悠。情同帝世游河老，韻洽商山采藥儔。緣酒紅燈歡促坐，暮雲春樹興彌幽。鶯湖樂事留高會，餘韻恒隨水澤流。

## 郭鳳儀

字虞符，號弦服，别號無懷。清華庠生。著有《浣翠齋詩集》，王象焕爲之序。居邢竇河郭家老宅。

### 自題小像

峭石數級，清泉一泓。虬松枝下，幽蘭叢中。趺坐自得，不問窮通。旋舞白鶴，携琴蒼童。指揮如意，若隱崆峒。熙熙皞皞，無懷老翁。

**郭宗遜** 字垂遠。清上庠生。居郭家老宅。

## 題二京公像

猗與我翁，鄉黨欽崇。古心古貌，古道古風。敏求好古，經史曉通。焚膏繼晷，造極登峰。出而問世，知已快逢。一鳴驚人，冀北群空。既無驕態，亦無吝容。誨人不倦，多士景從。見得思義，君子固窮。循規蹈矩，睦族敦宗。晚年好道，日尋遠公。黄庭一卷，殘月曉風。勸善阻惡，暮鼓晨鐘。年逾七袠，無疾而終。瞻公像者，不惟當年見公正人之氣概，而且至今思公君子之心胸。

**黄　琮** 原名琳，字昆發，號二鄉，別署春申江上人。清附貢生。研精禪悦。著有《頤素齋詩稿》《金剛經注疏》。《上海縣志》有傳。初居竹岡西黄家河圈，即今素安堂故址，後遷閔行鎮北街世德堂，又名蝸廬，中有精舍曰拳石山房，庭前拳石，至今猶存。

## 紅　梅

松竹汝爲友，年年雪滿山。不紅人不愛，一變舊時顏。

## 自題拳石山房二首

山房不在山，拳石有山意。山居不可得，此間正不啻。

閑來掃山房，獨坐作山客。長吟人不聞，簾外一峰碧。

## 追和陶靖節挽歌元韻

天地一逆旅，浮生來去促。學仙便成仙，仙録不勝録。何物無代謝，我人同草木。每當黄落時，不見草木哭。大生本無窮，大夢終有覺。佛家稱涅槃，樂極無寵辱。姑妄作是想，只恐福不足。

鼓樂一聲起，家人來行觴。觴中酒不空，冥中果否嘗。親朋揖于前，子孫跪于旁。殽饌井然列，銀燭爛有光。餞之如上賓，送我黄二鄉。此時送不遠，衹在宅中央。

南浦水迢迢，北林風蕭蕭。生者復餞我，送我乎荒郊。荒郊得吉宅，新壟殊岧嶢。人心獨無恔，我意轉蕭條。窅窅隔天日，寂寂無昏朝。一生惟詩酒，到此却奈何。游魂我朋輩，古冢我鄰家。九原相結好，對酒亦當歌。飄飄復啾啾，勝似游天阿。

病中九日用少陵九日原韻

中秋得病三更月，九日空懷百尺臺。酒不我貧難一醉，菊供人看特齊開。驚寒時有新鴻過，問疾稀逢舊雨來。寂寂擁衾昏復曉，霜前頻聽漏聲催。

秋夜夢宴獅子林，用少陵九日藍田莊韻

地自無多景自寬，清宵結夢有餘歡。登高健步何須杖，對酒豪情欲卸冠。水蓄一潭深且碧，月穿萬竅廣逾寒。五株松下游都遍，還向宸章作肅看。

憶心庵

兩眸纔一定，君便識吾心。別後應垂念，雲山夢裏深。春間把晤，余眼一定，心庵曰：「苦哉此翁，心事多矣。」

# 節烈篇 有序

此爲唐蕉軒之祖母與母及姑母作也。蕉軒名春，字作霖，刻《三孺人行略》一卷，自傷無力請旌，僅得留名邑志，字字椎心泣血。余與其家衹隔一浦，其姑母歸張君貫三。又余比鄰行略中事率皆耳熟，丁、唐二孺人以節著，袁孺人以烈顯，爰作是詩，而名之曰《節烈篇》。

至行何必同，各出至性中。事濟與不濟，天數非人功。唐母丁孺人，稟性極仁孝。于歸纔五年，夫應玉樓召。舅喜吟詩姑好佛，皤皤黃髮七旬到。男生九日女三齡，喃喃雛燕誰歟萢。孺人哀毁不欲生，俯仰忍抛老與少。親歿三年不茹葷，姑病六年殫苦辛。姑歿未久舅亦歿，竭蹶殯殮傷哉貧。惸惸母子幾何年，母兮晝荻子采芹。采芹不月旋即世，婦以死殉孫弱歲。詒孫同翼子，不衰讀書志。年饑啗藜藿，供師獨精食。孫亦得采芹，青箱于以繼。婚喪次第畢，葬事亦隨洎。舅姑及夫君，各歸牛眠地。復見兩曾孫，孺人始長逝。讀其傳，思其事。撫子撫孫六十年，幾幾不濟終于濟。子婦袁孺人，植節以烈焉。幼孤無所依，十四賦間關。零丁憐兩弟，焚券却斂田。侍奉得姑性，晨昏善承顔。綵枲勤婦功，中饋亦殊賢。時或長者至，摘蔬復烹鱻。相夫十三載，夫壽忽不延。游庠甫旬日，命途何迍邅。子齡纔兩周，此境殊慘然。一朝喪服成，孺人乃永訣。托孤夫姊云，惟君撫此姪。我姑即君母，孝養勿疏忽。又屬殮我時，不可去衰絰。言訖隨下拜，一慟腸欲裂。姑與夫姊諭以千萬言，無奈孺人死志堅如鐵。自此卧床絶飦弱，九原從夫無縮恧。此心昭鑒憑皇天，皇天有靈潛錫福。姑享遐齡培兒孫，夫姊賢能同撫育。夫姊唐孺人，秉節如母氏。新婚宴爾未兩月，申江書院夫客死。一航扶柩申江東，兩回躍入申江裏。孺人本繼室，元配已生子。若無侍婢倉皇救，此子幾乎復失恃。未幾弟病亡，弟婦亦隨殉。携子歸寧撫孤姪，教育子姪恒謹慎。自是夫家與母家，往來浦南與浦北。生養舅姑得歡心，死送舅姑合典則。我有母兮壽而康，子取婦兮和且懌。婦事姑兮子抱孫，蔗境甜兮綿世澤。詎知世澤竟不綿，子克家兮不永年。子惟一兮孫有二，相繼殤兮真可憐。媳往母族痛如何，已返母家日呼天，呼天不應奄奄歸黄泉。抑我讀其傳，悄然復有感。孺人撫姪無遺憾，孺人撫子殊慘慘。此中誰實操其權？成敗論人我不敢。唐氏本舊家，姑媳母女行孔嘉。貞則節兮義則烈，皎如日月兮清如冰雪。他年輶史采民風，三人事事不庸庸，彤管流輝作女宗。天地豈無公，鬼神避其鋒。事濟數之通，不濟數之窮。窮通非人功，至行至性無不同。

## 春日過晚香亭二首 有序

去歲丁巳，季春之月，二三酒友醵于是亭，幾無虛日。平疇風來，菜花送香，桃李争穠，憑欄凝睇，載酒當歌，致足樂也。今年三月，以亭主人歸真李公之喪，此舉不再爲之，一喟。

亭外花茸茸，亭中列座次。春風愁殺人，依依昔年事。天地氣一周，萬物皆富麗。剩有舊酒徒，不向此間醉。逝者如斯夫，無限平生意。

人情易生悲，非必關陳迹。興盡悲隨來，當時已脉脉。事後思再舉，感物興偏劇。歡會若在今，盡興豈殊昔。今年亦已矣，明年還可得。

## 戊午夏自題僧裝泥像三首

世界誰非幻，何妨幻此身。紅塵不可脱，幻相脱紅塵。

我本同蜉蝣，爾豈是金石。飛錫到此間，相逢亦其適。

甲寅一回首，甲寅年塑。寒暑已迭更。爾貌仍如此，我鬢白幾莖。

## 長相思寄心庵

長相思，天在涯。音宜。譬彼鳥兮牖户相依，飲啄相期。昔已慣兮今乃非，一凌雲路飛，一趁夕陽棲。雲路邈兮夕陽遲。長相思，無已時。長相思，有幾時？

## 戊午季秋錢君墨林爲余貌像，自題二絶

九月方授衣，爾已重裘矣。子孫善藏之，爾便得不死。

寫生于生前，筆端生意出。痛煞九原人，年止五十一。先君五十一歲即世，余今亦五十一。

## 夜聞吴竹亭病

蕭灑復多情，如君豈易得。談心酒一杯，交游忘形迹。于今五日前，微聞體不適。果否尚未知，一介探消息。歸云人不見，但與其子覿。兩日想因忙，不能來我宅。此介本耳聾，我言聽未析。不知是問病，却道是請客。高聲只一詰，眼瞪口便默。昨遣兒子問，乃知染時疫。今夜聞垂危，樽前殊惻惻。抛樽出前庭，看天天滿黑。東西隔兩地，欲飛苦無翼。明朝倘有雨，呼童蠟我屐。惟恨夜正長，東方不肯白。

## 竹亭病痊喜寄一律

人吉天應相，疴除體便安。再生憑福德，奪命仗仙丹。莫説小春暖，須知官路寒。出門防復

感，爾室且盤桓。

謁王述庵司寇

巍乎一高山，中心嚮往之。江鄉曾不遠，如何空相思。屠維協洽歲，露白葭蒼時。問奇子雲亭，投刺仲舒帷。抱盾慚樗木，運斤求工師。漫呈覆瓿物，愧乏獻芹儀。閽者不相識，早知不我麾。

此係投刺時所呈，故有結句云云。余先以所訂《金剛經》寄呈司寇，蒙賜弁言，至是謁謝，兼以詩稿呈政。適石愚上人在座，共談内典，日夕乃退。明年，以《經義説略》就正，復蒙作序，詩亦謬加獎許。今刪定詩稿，司寇已歸兜率，未獲請序。元宴不勝老成殂謝之感。自記。

癸亥四月得孫

行年五十六，抱孫亦應爾。痛我父在時，未見我生子。

## 蝸廬十咏

### 世德堂

小大德不同，一經亦是德。子孫如果賢，世世能努力。

### 樂餘堂

己未春余顔斯堂爲樂餘，跋曰：「先君五十一歲即世，余今五十有二。餘生也，既憂傷以念昔，復欣幸于苟延，堂名樂餘，是之取爾。」

我年過半百，我心常惻惻。所樂在餘生，所思在罔極。

### 清安軒

此處生夏寒，好風出林端。静坐不趨炎，我心清且安。

## 頤素齋

老去無所營，齋居頤我素。題詩今日始，前者非我句。謂集文選二首。

## 二鄉居

朝到醉鄉來，暮到睡鄉去。來去不知疲，醉處即睡處。

## 卷石山房

九峰移不到，一卷已得趣。爲憶題詩時，謂舊作。蒼苔秋幾度。

## 斗室

業已空似磬，復又小如斗。但願得安常，此室爲我有。

## 睫巢

小山止及肩，曲徑僅容屧。有叟在其中，蟭螟巢蚊睫。

## 方寸地

屋宇庇我身，屋漏質我心。顔曰方寸地，希風范浚箴。

## 豐澤堂

斯堂何所有？有米給數口。年年望豐澤，陳可接新否？

癸亥十二月閑居，用陶靖節《癸卯十二月中作》韻

結屋地非偏，杜門塵自絶。好似投林鳥，巢間牖户閉。三冬多微雨，而無霏霏雪。昨夜值初晴，星月何皎潔。晨起曝我背，前檻座本設。草木新雨後，無香亦可悦。飲酒勝添衣，何須咏栗

烈。頹然一醉翁，不記歲暮節。問君意如何，安命還守拙。老馬豈爲駒，自揣有分別。

## 桃花鮰歌 有序

黄浦多鮰魚，其種有四：白背、青背、黑背、黄背。白者頭小腹大，肌肉微嫩，雅近河豚，東坡鮰魚詩「雪白河豚不藥人」，非咏黄浦之鮰，要即是魚也。然浦亘一郡，他處止有青、黑、黄三種，惟余所居之西十里之内，白背出焉。以其白中帶紅，呼爲桃花鮰。蘇詩「粉紅石首仍無骨」，亦確。

鮰之初名是曰鮠，音聲訛轉喚作鮰。說本李時珍。「鮰」字不見字書，或即時珍所創。鮠，音危，始見《廣韻》，亦《說文》所無。東坡作「洄」，从假借例。黄浦蜿蜒二百里，此魚種類頗不齊。青黑黄背何足數，純白一種獨珍奇。我住浦陽横瀝口，白鮰出在横之西。漁人云，白鮰以横口爲界，東面百不得一，是亦一奇也。中郎迥與虎賁別，慣見何難作品題。皤腹彭亨帶紅潤，仿佛桃花着雨時。身無斑點細且膩，肉無腥氣鮮而肥。尾間之處尤絶妙，凝脂香韻透冰肌。小者不肥大者老，四五六斤堪朵頤。烹宜臠割入巨碗，隔湯爇火如烹鰣。透熟發香味乃出，火力較鰣須倍之。

春申閣題壁二首

村落透迤傍水濱，傑然高閣祀春申。千秋史册應從實，百世香烟别有因。不是安瀾懷爾績，如何肹蠁到兹辰。問誰繼體名尤顯，江夏黄童第一人。江夏黄童，乃春申九世孫。

不出鄉關得勝游，天然圖畫豁雙眸。雖無遠岫窗中列，却喜長江檻外流。浪捲千層晴作雪，風來萬里夏疑秋。有時待月黄昏坐，幾處歌聲起釣舟。

丙寅七月哭孫男金度二首

曾祖父以來，惟我得見孫。從前欣易長，此日竟何存。

四齡能自持，疾走從未跌。體質原非弱，如何竟殤折。

## 李林松

字心庵，號易園。清嘉慶丙辰進士。官户部員外郎，典辛酉廣東、戊辰廣西鄉試。著有《易園全集》。居閔行鎮北街易園。遺行詳載《松江府志》及《上海縣志》。

### 宜園見白燕

殘紅暫老緑初稀，一例尋巢下上飛。本色定知同輩少，故交猶悵素心遲。分明衆裏防多口，辛苦塵間怕染衣。東海鰻魚今不見，任他人嚇稻粱〔一〕肥。

【校記】

〔一〕「稻粱」，當作「稻粱」。

### 閘港櫂歌壽施子香承梁母王孺人

閘港潮迴接滬城，子辰佳讖重鄉評。施家例有𡣕星耀，欲倩霓裳侑壽觥。

鍾離教授講筵開，蝴蝶閑階午夢回。居敬堂前詩十卷，未謀三徑已歸來。

苦節遐年久未旌，君姑申訓在遺經。報劉莫怪雙孫切，恤緯餘絲尚典型。

安貞坤吉歲無涯，三世循陔奏白華。說到劬勞仍欲涕，不聞揄翟只聞鬘。
西華葛帔自凄涼，手哺諸孤問宿糧。篝火讀聲過夜半，有誰人訪舊書香。
素無負郭奈荒何，斗米量珠泪更多。不道糠皮偏是藥，至今錬出髮番番。
門衰况是病魔侵，摒擋愁無藥裹金。到得慈烏能反哺，多年辛苦作冤禽。
硯田無儉歲收稀，畢竟傳經心事違。二仲才名能兩大，好將彩綫繫春暉。
季良文筆更超群，志館編摹感暮雲。惜未登堂能拜母，祇從彤史挹清芬。
徵詩首倡説艱難，纔起歡聲又鼻酸。我奉板輿剛廿稔，羨君歲歲慶平安。
甘泉釀酒足頤神，晚節黄花潑眼新。只爲滿堂春氣永，改將秋卉唤堂春。
千佛名經衆目窺，天心恐以福孤嫠。凌晨忽報泥金捷，此即當年索乳兒。

## 易園落成，次張半舫公權韻

西北雲浮日易遮，東南土耗力難奢。急須行樂逡巡酒，暇便尋春頃刻花。管樂才名消客夢，儲王詩味本田家。諸君莫漫疑耽隱，門外還通略彴斜。

## 沾馥堂九老會詩六韻

戊寅歲，春帆兄舉此會。九老者，孫君觀瀾年八十，倪君伴雲七十有一，何君樸齋七十有三，雪舟七十，金君曉山六十有六，張君藹如六十有二，從兄古春七十有三，筠卿兄六十有二，暨春帆而九，余亦四十有九矣。受簡末座，爰紀以詩。

九人六百廿四歲，例古高年皆少年。環顧晨星稍落落，偶來夜坐猶便便。曲師市隱閑栽菊，棋客書傭慣擘箋。對宇一難還繼體，蔣氏會有何守愚先生，爲樸齋、雪舟遠族祖。我宗三友亦隨肩。未紆青紫鄉風樸，略別酸鹹土物鮮。醉眼覰覷無不可，曾聞飲者全其天。

## 滬瀆竹枝詞

瀕海岩疆近五茸，輶車親與駐花封。金虀玉膾尋常語，爲識雲間陸士龍。

春申江上水滔滔，西接吴淞泊萬艘。東海一重門户在，莫矜七發賦秋濤。
城隅東望赤城霞，烟火如雲撲萬家。猶惜平原山勢少，金輪一筆矗龍華。
物産前朝數顧談，遺箋剩綉冠江南。至今落筆烟雲後，尚有金針暗度堪。
肇家浜北接方浜，種得桃園水密香。可惜鐵沙經割隸，不曾考古説高昌。
木棉曾慶閔行豐，井被天移記道宫。巨口鱸魚今不見，白鯽來躍水當中。
東鄉麥子儘人嘲，萬頃黄雲是樂郊。但得催科人不至，冬舂米又緑荷包。
滿城簫鼓一時喧，海舶頻來天后尊。白晝攤錢知浪静，醉歌歸已過黄昏。
學宫巍焕冠天文，一陣驚飈爲策勛。怪得近來科目盛，青箱原不讓河汾。
吴歈原屬故園禽，鄉土終慚大雅音。倘有中郎能别賞，試來泓下聽微吟。

## 題黄二鄉琮顧素齋

光陰皆過客，天地一蘧廬。静悟養生主，閑栖履道居。識超方以外，心在物之初。陋室宜銘座，元亭好著書。因風香篆遠，得月紙窗虚。樂意禽相語，生機草未除。胸襟殊潑潑，性相鎮如如。守素隨通塞，觀頤任卷舒。鼠肝形化幻，鹿夢世情疏。荷芰衣無盡，烟霞食有餘。渾忘身是蝶，誰道我非魚。詎問卜家卜，還看漁父漁。林泉供嘯傲，爐鼎謝吹嘘。直寄方爲木，安行即是車。三杯浮灧灧，半榻卧徐徐。逸趣嵇中散，清歌謝幼輿。風流應共賞，鄙吝已全祛。此境悠然矣，斯人達者歟。阮生常念爾，惠子舊知余。信寄江梅驛，詩聯灞雪驢。六朝工組織，兩首等瓊琚。高致原難寫，幽懷略可攄。吟成刻葉句，題向浣花渠。何限滄洲思，停雲獨跂予。

## 上袁簡齋太史枚

天下風流佛，功名未足塵。萬花争托命，四海遍同人。語怪偶爲戲，憐才罕有倫。不知壽者相，曾現宰官身。

非云耽隱癖，爲戀舞衣斑。園以隨爲戲，天教福是閑。家移西子水，鄰卜蔣侯山。素有登龍志，遥知不閉關。

## 申江竹枝詞十二首同張藹如作

桃符爆竹一年新，佳節元宵得未曾。儘力争奇無别事，儂家扎得采茶燈。

渡口人喧一葉舟，杏花風暖浪花收。誰家紅袖青裙女，嫁到塘南新上頭。

燕子來時燕笋生，街前携得一籃輕。銀錢蘆芽纔出土，玉箸魚兒早上罾。

田裏小花紅似錦，盤中團子緑於莎。夜深野鬼啾啾去，一陌紙錢飄墮河。

蠶豆花開蠶事忙，儂家不祭馬頭娘。生涯自有丁娘子，猶恐風高未刷漿。

豢得神龍數十雙，由來競渡説申江。緑頭鴨子黄封酒，幾許豪情未肯降。

黄梅雨後風蕭蕭，赤泥欲裂萁欲焦。麥飯熟來日未午，遥唤脱花人過橋。

河角彎環星爛爛，晨莊買布聲聲唤。風水人愁白露前，米柴價賤秋分半。

鼕鼕神鼓鬧溪南，鷄肉香符一一兼。村嫗不知巫誑語，朝來無盡布裙衫。

滿船簫鼓衆雲鬟，行遍横雲蘭笋山。不知山色在何處，但向萬人叢裏看。

一村紅樹起炊烟，冬至朝朝霜滿天。要向城中賣花去，夜來趁上夜航船。

冬春米飯黄漿餅，醉漢前街拍手歌。一夜雪花深幾尺，家家裝出雪彌陀。

七事詩限「難」字，和祝雲舫 志裘

柴

漢柏秦松一例看，天年誰遺不材完。積來重叠成灰易，生就槎枒附火難。柯斧竟爲奴輩辱，棟樑也怕海田乾。當時每笑黄楊厄，赢得孤根尚鬱盤。

米

想見耰鋤汗血瘢，匀圓萬顆足盤餐。老農苦憶量珠貴，漕吏真愁上峽難。倉鼠自矜秦相智，甑塵莫救范生寒。憑君休笑侏儒飽，猶勝求人一片肝。

油

膏以明煎自古嘆，一瓢並許和辛盤。求名最是脂車捷，處世先防入麵難。衣若瓦爲真不漏，金經火守要同乾。寄聲燭泪成堆客，欲鬥光華恐夜闌。

鹽

府海何關調鼎事，峨峨争博進賢冠。可知虎子成形易，不及詩家咏絮難。昔昔未曾聽曲罷，朝朝從此伴虀酸。蒓羹千里催歸思，百味無如淡最安。

醬

佐養曾經上杏壇，至今覆瓿待誰看？相因只覺陳陳好，每飯真愁將將難。不信神奇先臭腐，可堪葅醢到彭韓。也知芍藥調人事，嗜好稀邀吐哺歡。

醋

當筵瞥見兩眉攢，世味都求似密難。客意預愁村釀薄，鄉心誤當越梅看。六州鐵在休輕鑄，一女珊來鮮衆歡。賴有朱門嫌肉臭，吾儕風趣不妨寒。

茶

試摘春風到舌端，豪偏七碗一時乾。山中小草剛抽甲，馬上頭綱早入官。已不中奴何況酪，問誰能品那成團。小窗清供無多子，不道吟來事事難。

**蔣隆濟** 字南薰。清嘉慶時考銓縣佐，咨部録用。慷慨好義。居鶯竇河濱。

咏尚義橋

邢竇湖邊水勢洋，行人病涉苦褰裳。參藩吏治高青瑣，延秀坊銀出上方。願把君恩濟群衆，爲移國帑建輿梁。榮家不若增鄉利，尚義于今誦不忘。

## 鶯湖九老會詩

東都會後溯鶯湖，嘉客歡同洛社過。三徑開來原屬蔣，一堂杖履樂交何。盈觴緑酒酬黄菊，滿座清風到碧蘿。共向窗前吟妙句，等閑隔水聽漁歌。

**蔣　堃** 字德芳，號梅村。清嘉道時人。年十五應童試，即有文望。惜未成名而卒。居鶯竇河濱。

## 咏尚義橋

巨川濟後及家鄉，尚義橋成澤最長。自是東西爲要道，免教來往嘆無梁。追思祖德憑誰繼，永仰君恩示不忘。厲揭久捐人病涉，重題遺迹齒生香。

鶯湖九老會詩

吾祖閑情寄樂天，樂耕堂上集多賢。放翁不在壺觴酒，沈約惟餘風雅篇。漫羨何王多道學，敢矜李郭是神仙。唐人昔日香山集，可與鶯湖論後先。

**黃家錕** 字淡生。清處士。半耕半讀，喜吟咏。詩見《竹岡詩鈔》《俞塘老友聯吟集》。居竹岡黃家河圈老宅。

庚戌新正訪淡如翁於叢桂書塾，主人留飲，晨起作

舊交相聚劇相歡，主客圖開夜未闌。深喜燭花同照座，何當盛饌勸加餐。老成骨相原非偶，妙句琳琅却不難。深喜〔一〕周旋叢桂室，三更對榻耐宵寒。

【校記】

〔一〕詩中「深喜」兩字重出，疑有誤。

## 登春申閣

春申浦上春申閣，社祭于今憶往年。楚相距川才力大，吴兒踏浪頌聲傳。上游泛溢歸滄海，平野溝渠灌沃田。踵事若無明太傅，沮洳仍復似從前。明夏太傅開范家浜，使浦水會吴淞入海。

## 沙岡藤花歌

沙岡橋接紫籐棚，由來已久得此名。不知勝朝何人手，種植二百餘年枝幹横。其本大於五斗甕，其幹高於九丈棟。其枝曲曲多迴環，其葉重重少虚空。春夏之交天氣新，萬串花垂少俗塵。日暖風和香馥郁，蜂狂蝶醉飛逡巡。况復蔭蔽十家小市共稱美，以藤縛藤如連理。粗者爲骨細者筋，千縈百結蟠作華蓋之形竟如此。我輩追尋興不窮，閑來茶肆問老翁。爲言岡古樹亦古，年年但見一片紫雲擁護無極金帝宫。有關聖宫。

## 北俞塘雜咏

濯錦園荒已久，敞閑堂古誰尋？過客偶談興廢，幾家竹樹蕭森。

拂袖高峰特立，俞塘北水長流。聞道有錢難買，苑涇去狎浮鷗。

嬝嬝墳二律追次杉香韻 墳在沙岡之東，一坏封土，俯臨水次，相傳有美女葬此。此女不知誰氏，地多陸姓，或云即陸氏女也。

沙岡北去路全平，憑吊孤墳感慨生。寂寞棠梨餘舊迹，凄凉風雨助離聲。百年寒食誰標墓？千載流芳識小名。燕燕鶯鶯無限意，薔薇棘刺礙人行。

不分文鴛與翠鵉，一灣流水繞河梁。蓬疑緑鬢堪懷想，花似紅顔總渺茫。乍聽樵歌來曲徑，還尋石碣步斜陽。傷心坏土埋香骨，二月東風碧草芳。

孝子嚴慶頤 名克鈞，道光二十四年甲辰七月二十九日刲股療母，時年十九歲。

從來至性本天良，孺慕依依刻不忘。一自慈親臨病篤，參苓罔效九回腸。人間何處覓醫方，再拜求神竈下忙。矢志倉皇肱一割，淋漓罔顧血沾裳。

一杯和粥進萱堂，力可回天自降康。翌日乃瘳真大幸，兒身母體兩無妨。
男兒血性亦何常，罔極深恩報正長，濟急扶危誠一點，名傳純孝遍吴鄉。

直指庵祭陳忠愍公

仰止將軍志節高，同人祭社動焄蒿。三年捍海勛垂史，五月交兵血染袍。威震蠻夷韜虎豹，謀參帷幄比蕭曹。吾鄉感德思酬日，風捲靈旗起怒濤。

沙岡雜咏

馬橋曉市

初日俞塘上，紛紛赴市多。物稀騰口價，人衆接肩摩。地僻風從儉，塵囂雨後過。石橋來往便，負戴入謳歌。

## 申浦歸帆

迢遞申江路，扁舟去復來。片帆衝浪過，百里計程開。隱約家鄉近，悠揚落日催。佇看檣矗立，穩泊水雲隈。

## 築鄉遺址

江上袁公迹，荒凉閲歲年。雨風消瀆壘，刀劍没桑田。祀典春秋缺，謳歌鄉里傳。古岡身在是，蔓草緑芊綿。

## 金鈎釣月

福地膺多福，形家擇地精。一鈎通屈曲，片月照光明。漆柿占科甲，巍坊表顯榮。沙岡存吉穴，吴滙誤傳名。編者按：金鈎釣月，係董遺安墓地，列爲沙岡名迹則可，然非吉穴，董氏發祥實不在此。後之研究地理者，幸勿誤信。

岡橋紫藤

藤植岡橋側，蕤延蔭晚涼。雨滋青葉潤，風動紫花香。地僻成邨小，人游引興長。虬枝欣壓架，瓔珞挂斜陽。

浄土晨鐘

古寺人烟外，鐘聲度曉風。萬家塵夢裏，一杵利名空。野岸霜初白，禪堂燈尚紅。十方聞也未？餘響入雲中。

鷄山井水

野廟高岡上，門前井有名。旱年資汲取，終日見澄清。撮土雲常起，穿林徑不平。石闌依舊在，受福遍民生。

## 沙脊棉花

高原宜吉貝，沙土種爲嘉。烈日鈴俱坼，迎風葉欲斜。携筐忙婦女，壓擔盡霜葩。南北遥相望，秋收曬滿家。

## 潁川遺冢

吊古斜陽外，凄迷草色繁。鬣封先代墓，珠碎小姑魂。碑斷銘難讀，林空鳥不喧。誰歟寒食節，來此薦芳樽？

## 磊塘殘雪

林外風初勁，塘邊雪未消。天寒誰送炭，地凍斷歸樵。沽酒有村舍，吟詩在野橋。至今餘廢壘，一望草蕭蕭。

## 翁參將英廢宅

廢宅依然指竹岡，叢篁老樹久荒涼。廣庭已作鋤雲地，斷碣猶存甲第坊。松郡募兵同固守，忠祠配享總馨香。探花故里人傳説，犖确迴溪映夕陽。際飛武會元榜眼，里人誤傳探花。

## 韭菜街 在閔行鎮，張必榮奉母處，見邑志。

街因種韭得垂名，孝子當年獨行成。堂上慈親勤侍養，園中隙地樂鋤耕。回思萍梗秋濤險，竊幸瓜廬夜夢清。敢效茅容鷄特設，祝他豐本日滋生。

## 何忠節公剛瑞竹居 在吴匯鎮，今廢。

幽居插竹竹菁菁，兵部寒微卜顯名。日擁書城看瘦影，宵眠紙帳聽秋聲。築塘桿海千年利，殉國捐軀一命輕。第宅無人垂野史，此君何處問前程。

瓶山道院

俞塘環繞石橋通，一角瓶山入望中。高閣多圍修竹緑，短垣還倚小桃紅。酒香無復糟邱味，瓦礫猶存晉代風。此地軍持憑拾取，只餘廢井水瀜瀜。院前有天移井。

勤織堂 蔣用和築堂奉母，母命以勤織名堂，見邑志。

機杼真教孟母同，相夫翼子溯閨中。數團經緯棉紗白，半夜勤勞篝火紅。名顯詩書光奕奕，家承祖父日隆隆。鶯湖遺範千秋在，要示兒孫克儉風。

申江十景

東閣觀潮

歇浦秋濤滚滚來，春申高閣傍江隈。憑欄但覺風成陣，隔岸遥看雪作堆。蘆子渡邊懸落日，築鄖城外走驚雷。登臨有客時翹首，幾度吟詩把酒杯。

## 南浦歸帆

萬家烟火傍江頭，極浦茫茫不繫舟。雙槳乍停風色利，高桅遥映日光浮。人居奇貨來漁國，客算歸程坐舵樓。薄暮市聲猶擾擾，篙工買醉卧蘆洲。

## 易園早梅

老梅花發水之濱，岑寂名園遠市塵。數點凌霜香耐冷，幾枝映月色争新。高標瞥見過墻好，消息先迎隔歲春。管領東風向殘臘，低回林下憶詞人。

## 竹莊新篁

春來生意繞郇莊，添得蕭疏竹幾行。解籜每聞聲簌簌，放梢便覺色蒼蒼。月明滿徑雲篩影，風過迴廊粉轉香。劇愛青青環左右，主人鎮日坐瀟湘。

## 更樓殘月

聽鼓高樓夢不成，良宵殘月映三更。簾垂蘆葦光分淡，葉脱梧桐望裹明。野市茫茫沉兔影，荒村喔喔曉鷄鳴。還看磊落星迎曙，尚有街頭擊柝聲。

## 度門曉鐘

度門古刹亦清幽，每聽晨鐘出寺樓。有客禪關閑側耳，何人苦海暫回頭。梁懸佛火燈光淡，僧老蒲團慧業修。東望扶桑騰旭日，長空風送韻悠悠。

## 北街夜織

勤苦貧家守女紅，燈光一點隔窗紅。停梭漫向丁娘問，織月還憐丙夜同。欲較短長原有幅，只愁斷續怕無功。機聲軋軋忘安寢，好夢驚回鄰舍翁。

## 西寺夕照

薄暮微雲漏夕陽，照來西寺滿垣墻。黄添羅漢松梢嫩，紅到菩提樹影長。晚課木魚聲斷續，覓巢林鳥尚翱翔。刹竿隱約還留戀，一角鐘樓聳敏航。

## 留橋春耕

柳岸頻聞布穀啼，看耕便往小橋西。四鄉地闢田千頃，三月天陰雨犁。人倚桔槔潮欲上，花飛饁餉路應迷。插秧亞旅排行出，歌唱前邨日未低。

## 横涇雪釣

紛紛密雪下沙灘，老健漁翁把竹竿。舟放江湖愁浪險，身披簑笠耐風寒。紅迷楓葉堆頻掃，白映蘆花辨亦難。釣得鱸魚天欲霽，呼童沽酒醉鄉寬。

## 明心寺十景 北橋鎮

北梁古刹久知名，突兀鐘樓照日明。百八噌吰開覺路，十方嘹喨逐風清。雲鐘響梵。

地下藏龕色即空，森森石塔插雲中。風霜剥蝕留蝌殼，游子猶叨礪齒功。華嚴祖塔。三月廿八日，游人覓野海蝌治齒痛。

荒臺虎去草青青，當日高僧闡藏經。法界謹嚴俱色變，迄今猶是仰神靈。義虎講臺。

佛光夜静亘長天，迎自青龍萬口傳。青龍鎮迎供。普渡慈航春欲暮，焚香婦女捨金錢。石函大士。

法雨沾濡水一池，蓮花開放兩三枝。瓦棺寺裏依稀見，石上何如舌上時。石底蓮池。

佛殿崔巍四壁新，鈎心鬥角嘆如神。後人不似前人巧，弄斧班門役苦辛。魯班仙壁。乾隆丁亥俞塘鈕楓山修。

虬枝摧折葉彫殘，無復菩提樹子看。想像元豐年代古，廣場夕照影高寒。元豐老檜。

學士工書游刃餘，揮毫壁上有誰如？碧紗籠廢經年久，嘆息烏龍未掃除。子昂墨迹。

一軒寬敞築池邊，静愛三更水月天。除却松濤與鶴唳，憑闌領悟脱言詮。水月幽軒。

風雪窗前積不輕，霏霏碎玉半縱横。老僧入定蒲團坐，莫辨宵分折竹聲。竹窗聽雪。

# 卷　三

**黄步瀛**　號雲樓，清處士。家貧，訓蒙度日。愛藝菊。著有《學古堂吟稿》十二卷、《良田集詩草》二卷，待刊。壽至八旬。晚號古岡老人，居竹岡西學古堂，俗稱南黄。

## 仇仲叔刲股詩

古來百行以孝始，倉卒之間將何恃。南陽仇氏有佳兒，執業養親供甘旨。一朝母氏疾勿瘳，子心怵惕不勝憂。二竪膏盲實爲祟，三世醫藥無從投。伯也旁皇欲報德，正在呼天悲罔極。忽焉仲兮暨叔兮，先後一杯進母食。頓覺精神爲稍蘇，不知回天是何力。伯也异而偵其私，得窺其刀血未拭。睹此情形實愴神，若揮涕泪告前因。二弟至行有若是，吾亦子也愧爲人。吁嗟乎捐體救親干禁令，出於無奈見至性。可以激勸末世風，學使煌煌褒孝行。青學臺有序，楊閑庵有記。

## 登春申閣

乘輿來游浦水濱，此間有閣祀春申。當年疏鑿憑君力，今日香烟奉楚臣。百尺棟隆臨曲岸，數聲漁笛度遥津。近時黝堊新增飾，壁上題詩更有人。叔祖二鄉公有題壁二律，刻入《頤素齋詩稿》。

憑欄極目泬寥空，萬疊烟波入望中。郤喜我鄉談水利，何須戰國論英雄。大田稼穡雲間達，巨艦帆桅海上通。憶昔吴淞因失守，火輪餘燄滿江紅。

## 雨後過叢桂書塾

檐前宿雨乍收時，蠟屐重來訪董帷。花徑紅稀香淡沱，蕉窗緑暗影參差。吟懷饒有江郎筆，墨瀋平添逸少池。幾度茶鐺烹活火，遥看樹杪夕陽遲。

## 御史墳

墳在竹岡之西、望海塘之北，爲明天順進士、南京河南道監察御史董綸兆域，長洲文徵明有《竹岡阡表》，子恬、忱、懌爲雲間三鳳，有三鳳坊。

御史墳塋枕竹岡，匀田圍繞草荒荒。一坏土瘞先民骨，三鳳名傳勝國坊。殘塌欹斜苔蘚緑，野花團簇夕陽黄。清明麥飯人來否？石馬無聲卧道旁。

偕澹翁杏園游度門寺

幾人能度入空門？乘興同來仰佛尊。殿宇依然環歇浦，菩提不復振祇園。禪寮繚曲塵心淨，古刹幽深鳥語喧。彌勒有龕僧莫問，茫茫苦海一燈昏。

重九日偕惕如訪澹翁

九日追尋興有加，題糕妙句敢争誇。秋邊老却經霜菊，籬下遲開冒雨花。烏帽堪嗤風撇落，白衣不至酒須賒。良朋喜聚三岡上，何待茱萸佩辟邪。

眉雪偕硯池過訪次韻

徑掃風狂此一時，兩三秃樹擁疏籬。揭來雅集西園客，論古談今待舉巵。鵝溪絹舊墨痕新，元氣淋漓妙入神。誰會清暉無限意？眉公繼起識其真。

筆陣從教細意分，神飛逸翰自超群。欣看清獻宫詹手，蜀錦濃鋪五色雲。
絳帳頻添坐客氈，交情容與話纏綿。從教老友聯吟後，倡和三岡又一編。
古竹岡西碧澗隅，南支北派各邨區。好憑一管丹青筆，寫個田家十月圖。

冬日紫岡眺望

沙岡東去竹岡西，烟水蒼茫望欲迷。絮絮敗蘆依蟹舍，邨邨秃樹有烏栖。坊存梓里埋黄石，橋没庵基盡緑畦。紫岡有橋，名庵橋，相傳橋西有庵。憑眺者番餘興足，金鈎墓上夕陽低。

沙岡藤花歌

古沙岡上景一新，十家小市臨江濱。蒙茸壓架籐迴繞，不識花開幾度春。老幹横斜枝順逆，孤根合抱藤千尺。紛紛纓絡垂垂成，緑蔭濃遮市廛宅。旭日臨空晴色暄，花枝萬串映柴門。翠幄香浮風細細，紫英雲護蜂喧喧。可惜芬芳在僻壤，箇中妙景誰延賞？我曾挈友到橋東，滿地花英駐藜杖。竭來坐久不知歸，落殘片片點春衣。沽得蘭陵一壺酒，開樽棚下醉芳菲。

露香女史峰泖畫册 女史姓朱名輕雲，又號一捻紅，長洲人。王梅影觀察十二女伶之一。觀察有《天台仙子歌》。

掌箋侍史是仙才，紅靨春生一捻來。占盡雲間好風景，山莊小住即天台。

潑來焦墨盡烟雲，泖鏡峰屏翠掃群。却羨纖纖能搦管，管夫人後又逢君。

題　詞

雅羨俞塘會，郵筒寄興長。七賢人繼晉，一卷句宗唐。扶杖游花市，餘生醉月觴。耆英鳴盛世，化日樂無央。

**李媞** 字安子，號吏香。心庵農部之女公子。適桐城方傳烈，遇人不淑，中懷抑鬱，竟與其姨表姊黃香崖女士同投蘇州獅子林池塘而死，年僅二十有五。所著有《猶得住樓遺稿》。

小至日懷家大人，時客婺州志館

綠窗移上日遲遲，阿母剛梳雲髻時。遥憶旅中雙客鬢，又添鏡裏幾星絲。趨庭有弟堪娱老，竹孫弟隨侍。問字慚余只解癡。翻却從來閨閣樣，不曾添綫又添詩。

桃　花

流水垂楊擬若耶，綠陰深處小橋斜。春風不識誰家女，獨坐溪頭自浣紗。

秋夜口占

露華滿地月當頭，只聽金風動玉鈎。最是小窗新病起，半簾清影不勝秋。

## 咏雪

呵凍咏飛花，推敲何太苦。不及謝庭人，一語留千古。

## 遲香崖姊不至

春風春雨逐番催，桃靨纔紅李又開。底事見花愁欲絶，有人曾約此時來。

## 題管夫人墨竹

懶問文山與秀夫，只將彤管寫新圖。不知畫到嶙峋處，曾念郎君節有無。

## 呈家大人

寂寂紫門鎮日關，吟詩須静奕須閑。杜陵老去還憂國，彭澤歸來肯出山。倦把申江收眼底，醉携周易補窗間。傍人漫説家庭樂，不信年來鬢亦斑。

夜夢先太母

拭目何曾見白頭，惟餘燈影照輕幬。依稀臨去携兒問，堂上雙親健飯不？

糊　窗

縷縷寒吹故紙開，羅紋新向小窗裁。天如此補應無恨，風爲全遮不進來。好貯爐香留客坐，難分雪月費儂猜。却憐小妹偏多事，刺破疏櫺欲瞰梅。

得香崖姊書却寄

一幅浣花箋，深情含字裏。挑燈三復之，想見封時意。

極目望來舟，恨煞雲籠樹。偶見綉餘吟，半是懷儂句。

鳥語如心碎，離人不慣聽。生憎堤上柳，仍似去年青。

聽雨懷香崖姊

閣閣蛙聲和雨聲，燈花纔落又重生。不知此夕蓬窗裏，何處維舟待曉晴。

乙酉除夕不寐作

沈水燒殘已半宵，轉教倚枕聽迢迢。睡魔似有深深意，不忍年華暗裏消。

作札寄香崖姊，信筆書於紙尾，即和見懷原韻

離合無端笑似萍，可憐雙眼爲誰青。何時繫我東歸棹？同上雲林畫裏亭。

寂寂春宵玉漏殘，惟聞北去雁聲寒。數行欲草相思字，偏是遲疑下筆難。

述懷二首

那能真個算聰明，捫到心頭也不平。身世可憐爲弱質，髫年何苦便多情。冲天徒有英雄志，

讀史常思忠孝名。聊作癡人說夢話，無窮願只結來生。

巾幗鬚眉判莫遲，他生仍似此生癡。果能修到梅花福，或可賡成柳絮詞。狂態不妨如白也，中材未許作凝之。劇憐現在紅塵裏，天付傷心筆一枝。

歸桐道中雜紀二十首

二十三年膝下憨，燕分巢去恨非男。一端聊慰椿萱念，食性而今已略諳。

蟾影圓時雁影分，驪歌一闋不堪聞。春申江上垂楊下，六幅風帆已隔雲。

離懷傷盡一回頭，何日山塘更放舟。多少泪珠彈緑水，可能流恨到長洲。謂香崖姊。

閃閃長江寶鏡摇，岧嶢梵宇矗金焦。漫誇第一泉風味，渴似兒家未必消。

俯首沈沈倚小窗，波中天下玉鈎雙。分明是我雲間月，緣底隨人亦過江。

蕭蕭萱葉打窗聲，船在蘆洲近處行。謝得殷殷新月意，清光送過石頭城。

款乃聲停泊秣陵，幾星螢火逗船燈。不知小妹携紈扇，又向花前撲未曾。

龍蟠虎踞壯于吴，天與朱家此建都。把酒偶論名勝地，怕題三字莫愁湖。

觸起鄉思是此磯，人同燕子兩難飛。申江風月吴江雨，忙煞離魂夜夜歸。

江心皎皎月輪斜，隱約弦聲出酒家。篷底有人衫忽濕，並非司馬泣琵琶。

夜静初磨鏡一奩，照他眉樣亦纖纖。心頭幾種新惆悵，也學冰蟾漸漸添。

風風雨雨滯江干，自慰非如蜀道難。羨煞鄉關諸女伴，旅愁永不上眉端。

生我拳拳囑自防，不勝風處黯然傷。蒲葵莫怨秋前葉，柳外吹來也覺凉。

判袂匆匆見更憐，蒼松影下翠巒邊。一聲遠析人何處，身在慈姑滕畔眠。

濺濺船底水流時，無那征人醒聽之。匝月不聞親唤女，真情始信木蘭詩。

前度團欒照別離，關山又届月圓期。懇君向我雙親道，此夕兒猶此地羈。

青青香稻隔長堤，落日漁家罷釣齊。第一秋宵何處度，蕪湖關外水田西。

輕帆柔櫓逐雲行，到處鄉音到處更。一路垂楊蟬不斷，臨風又認故園聲。

碧海青天可奈何，今生無計逐情魔。蓮心未及秋心苦，燭泪争如别泪多。

記辭親日戒揮毫，心血從今再莫勞。何故錦囊箋又滿，可知借景寫牢騷。

自悼六首

漫云三萬六千塲，轉瞬青燐伴白楊。所愧襟懷非謝女，敢將天壤怨王郎。命如柳絮生何必，身似鴻毛死不妨。凄絶异鄉魂一縷，早隨殘月到高堂。

慵折花枝對鏡簪，可憐生不作宜男。早知翰墨今無益，深悔詩書昔細探。廿載敂勞非易報，半年食性未全諳。回思膝下承歡日，幾度人前泪强含。

不合當初下俗埃，回頭今始憶蓬萊。誠知慧劍揮何礙，只恨塵緣斬未開。天上雲原無意聚，庭中花爲阿誰栽？燈前自問支離影，究竟渠因底事來。

一瞥曇花現即休，塵寰偏是久淹留。誰能身不歸黄土？自料緣難到白頭。從古本無天補恨，斯鄉應有地埋憂。殘棋太覺模糊甚，莫怪支頤局懶收。

夢境如斯莫當真，一番淪落亦前因。自憐水月些時影，還剩鶯花幾度春。入世偶然經幻境，問心久已悟紅塵。鏡臺笑向芙蓉語，珍重清光待後人。

濃無踪迹淡無痕，入骨縈心自有根。一瓣格天盟海國，片帆催客入吴門。生成情種原非福，感煞知音已負恩。到死莫忘相印語，皖城斷不著詩魂。

望家書

自憐慈母膝，鏡裏鬢何如。難縮千程水，惟憑尺素書。苦無雙鯉至，倏又半年餘。况是前番札，曾云病未除。

憶竹孫弟舉業

庭前從此問耶難，惟仗青暉教荻丸。百歲真如駒過隙，九原只盼鳳飛翰。能傳家學方爲子，得繼書香不在官。莫羨虛名女都講，别來早覺筆花殘。

憶易園四首

院北風摇柳，墻南爲潤花。誰知中有客，一見一思家。

春雨連宵後，苔痕上砌來。故園紅共紫，可對素幃開。

落落柴門裏，蕭蕭竹徑中。呢喃雙燕子，應覓主人翁。

濃極桃花色，原因淚染成。偶將風信算，時已近清明。

戊子仲夏道中即景

堤上橋頭迹尚疏，人離野店旭昇初。遠山一色新妝好，只有儂家髻未梳。

歸寧偶紀二十四首

雁未南來我下東，帆輕不似去年風。心頭塊壘肩頭事，盡付秋江渺渺中。

隱隱山痕淡若顰，碧蘆紅蓼遠迎人。可憐去歲秋風裏，憶罷鱸魚又憶蒓。

兩岸青山壓短篷，篷窗閑數碧芙蓉。若將眉上愁相比，過一重應減一重。

飛舟别却六朝山，萬頃波中一笑還。莫怪回頭無戀戀，翠巒漸少近鄉關。

過却金焦任客行，船頭漸少浪花生。不知篷底低吟者，可得心如緑水平。

悶倚蓬窗仔細看，伊啞聲裏夕陽殘。芳津只在花深處，不道重來問竟難。

一片雲飛已到吴，尚餘帶水隔慈烏。入門不及談他事，先問儂親信有無。

喜極還疑報未真，隔花早見遠行人。雙眉不管曾舒否，先説宵來夢有因。

别後魂猶繞綺寮，幾番重到是長宵。如何忘却花間路，誤欲扶欄過曲橋。

北堂萱草笑情癡，謂韻生姨母。細語幽窗無盡時。一樣傷心雙薄命，喁喁豈但訴相思。

桂魄分開一半秋，箇中人泛月中舟。何須細問團圞影，今歲吴儂亦聚頭。

何幸輕舫影不孤，時自吴門偕香崖姊同至雲間。遥知阿母盼歸雛。一輪還向庭前照，未識重泉見也無。

推篷偶見碧天雲，隨着秋風聚又分。願學一雙鷗最好，蘆中水上不離群。謂香崖姊。

復睹雲間九點青，人聲喧處櫓聲停。那知我已鄉音改，反道鄉音不耐聽。

黄昏漸落放舟忙，一枕孤眠一覺長。今夜夢魂勞不着，亂鷄聲裏即家鄉。

贏得征衣血未乾，繐帷深處一憑棺。分明此内耶猶在，緣底衷腸欲訴難。

何處方能見父客，聊于紙上當重逢。觀來未必全相像，只有雙眸似看儂。

倚閭人已望連朝，頻問春申兩次潮。昨日打窗風雨急，挑燈猶自坐深宵。

笑語紛然姊妹叢，各詢可與故鄉同。談來只恐諸君怯，一葉曾乘破浪風。

開我當年東閣門，緑窗尚有舊啼痕。人前多少含糊語，只向深閨細細論。

三徑荒蕪一片秋，依然花裏繫虚舟。此園最是傷心地，爲語同懷莫再游。

三復風流儒雅詩，塗鴉今幸拜吾師。謂花史舅氏。但愁窗下論文處，又觸庭前問字時。

天涯籠鶴返華亭，恍惚三更夢乍醒。問到家庭言瑣瑣，幽魂還似未曾聽。

紅塵何苦久沈淪，拂袖甘爲局外人。造物可能寬一綫，青山埋我兩閑身。謂香崖姊。

## 申江十景

吾鄉鎮黄浦而九峰三泖環繞于西，數百年來人文蔚起，論雲間名勝者，首屈指焉。戊子歲，花史舊氏館于余家，雪窗無事，輯景十唱詩若干首，屬同人和之。竹孫既作，余亦效顰焉。

### 東閣觀潮

欲借江波盪俗塵，登臨我亦拜春申。怒濤一泒推山倒，可有乘風破浪人？

### 南浦歸帆

一葉飛來趁好風，回頭已出白雲中。舟人知道家鄉近，漸漸收低數頁篷。

易園早梅

宦海歸來老水涯，安排樹樹雪横斜。傷心林下人何在？留得衝寒數點花。

竹莊新篁

雷雨聲中早出塵，與梅恰好結芳鄰。看時何必從頭問，也算此君舊主人。

更樓殘月

柝聲吹落月如鈎，人對西風一倚樓。看到高低霜壓屋，方知身果在雲頭。

度門曉鐘

問誰被度入空門，絶早鐘傳遠近村。畢竟蒲牢神力大，一聲驚起萬人魂。

北街夜織

處處風摇一點燈，新年已近價難增。丁娘夜半停梭問，紗向西鄰借未曾。

西寺夕照

一片晴霞破晚烟，紅墻角抱碧江邊。老僧飯罷支笻立，笑指來朝又好天。

留橋春耕

新漲桃花一帶溪，小橋西去看扶犁。東風不管農忙甚，吹得殘紅遍緑畦。

横涇雪釣

寄身烟水任高歌，獨釣船頭雪滿蓑。莫羨江心魚更好，荻蘆深處少風波。

下榻獅林即景奉懷花史舅氏

年來身也作飄蓬，重到雲林粉本中。四面峰奇環抱屋，千年樹老直凌空。松間野鶴閑于我，石畔梅花瘦似公。贏有一枝塗抹筆，批紅判白日匆匆。

三五蟾明偶舉頭，一雙影又在蘇州。杯傾竹葉誰先醉？閣倚松風好共游。看月自然宜此地，問心何獨愛中秋。鴛鴦湖上團圞鏡，照得愁人分外愁。時舅氏客禾中。

剛逢春雪滿天時，掩却青山墜碧池。近水有樓皆玉宇，遠山無樹不瓊枝。階頭掃盡行猶滑，驢背吟成冷可知。我是程門詩弟子，一回癡立一回思。

擬收風景貯奚囊，自有知音愛我狂。一院苔紋經雨潤，四山藥草入春香。偶探古洞迷朝露，閑數歸鴉點夕陽。如此園亭宜入畫，何時才子細評量。

喜家慈到蘇

共話衷腸到夜闌，一時骨肉暫團圞。慈烏私幸離巢健，小鳥深慚反哺難。半百年猶爲遠客，二千路但祝平安。連朝繞膝歡如此，只恐臨歧泪欲彈。時將挈竹孫赴山東。

## 和竹孫弟話别韻

天涯幸免倚閭思，此去休忘我贈詞。路遠可知初作客，壯游無處不宜詩。杯中量好還須減，山外雲歸莫太遲。力侍晨昏惟仗爾，慈親已是鬢斑時。

## 題黄子春弟慶萱《誦帚寮詩稿》

遠客來京口，舟乘二月風。江山收腕底，珠玉滿囊中。親健差堪慰，詩多不算窮。欲窺全豹者，翹首盼歸篷。

健筆太縱横，雲烟滿紙生。借他江上景，寫出客中情。屐踏三山遍，詩無一語平。不禁低首甚，盥讀到深更。

想是驪龍睡，珠探顆顆圓。慧根鍾自夙，詩理妙于禪。論古才兼識，驚人句必傳。觸余風木感，五字有新篇。集中有挽先大人五律一章。

愧我非風雅，浮生似蠹魚。推敲嫌未穩，結習總難除。得與文星會，應教俗態祛。忘將磚引玉，勝彼報瓊琚。

思　親

極目慈雲遠，心隨北上舟。江湖縈客夢，貧病迫征愁。歧路難通信，歸期算到秋。日來風色利，料已過揚州。

懷竹孫弟

身世誰憐早歲孤，風塵扶母走長途。池塘春草連天碧，爲問行人得句無。

題張小華鳴機伴讀圖

憑誰妙筆寫閨情？勛業須由内助成。午夜漏沉鷄未唱，碧紗窗尚聽雙聲。

乘槎他日斗牛過，鏡裏芙蓉兆若何。博得機邊人一笑，接泥金報暫停梭。

## 偶感

支離瘦骨難勝病，雜亂心情懶看花。更有思親無限泪，半緣天上半天涯。

## 又題張小華茂才鳴機伴讀圖

想見青峰對翠鬟，詩書機杼兩無閑。不知京兆家傳筆，可有工夫畫遠山？

何曾孤負好年華，日伴郎君讀五車。不似璇璣蘇蕙錦，織將幽怨寄天涯。

## 獅林即景和竹孫弟

喜見親無恙，風塵不易經。乾坤皆逆旅，身世一浮萍。峰吐月初白，園有吐月峰。草掀簾半青。互翻新稿讀，茶熟竟忘聽。

雨窗遣悶和竹孫弟韻

百端如酒涌心頭，倦壓殘金喚妹收。阿母今朝眠食好，愁城減我一分愁。時家慈抱疴初起。

**李尚暲**　字竹孫。清國子生。攻苦讀書，力求根柢之學。工詩文。書法歐陽率更，兼精篆隸鐵筆。五試京兆，屢薦不售，乃橐筆出游，將求菽水以養母。而秉性耿介，歷游燕豫，不得展其志。將之晉中，途遇水，踟躕間心念母耑歸，而母疾方殆。未幾母卒。人皆謂孝感動天，故天特以水示之警也。服闋，又游齊越間。赭寇亂作，歸家遂不復出。屏棄世故，枯坐一樓，里鄁之人或不相識。著有《優盋羅室詩藁》二卷、《文藁》二卷、《補焦南浦歷代年號纂》一卷。《上海縣志》有傳。配錢氏，字定嫻，亦工詩。華亭閔萃祥、南匯于鬯，均爲夫婦合傳。居閔行鎮北街易園。

讀史同劉味三希政作

亞　父

才智奚輸曲逆侯，惜哉天意已歸劉。未能先間陳平去，宜墮他年反間謀。

蕭相國

閎散齊名勛爛焉，圖書律令取争先。人生最好無奇節，畢竟身因録録全。

周孝侯

讀書折節前愆贖，三患全除父老安。只惜手提三尺劍，虎蛟易斬佞臣難。

王荆公

青苗字説法翻新，可惜文章妙絶倫。學古盡如公泥古，宰官何用讀書人。

史閣部

一木能如大厦何，衣冠終古鎮山阿。梅花嶺下孤臣泪，知比梅花落更多。

## 與祝花百舅氏晚步了園

滿林鴉噪近黄昏，不市不城别一村。野竹團雲圓到地，瘦梅倚石卧當門。溪迴水抱三間屋，日滲山皴半面痕。絶妙眼前詩酒境，可憐無福着詩魂。叓香姊擬游此園未果。

## 雨窗叠前韻

遠山重叠暮烟昏，人在花溪溪上村。雙屐客携壺换酒，一竿風壓竹敲門。壞墻蝸綴連行篆，破屋書憎半漏痕。蒓菜鱸魚秋思好，思鄉那禁不銷魂。

## 泊薛瀫湖

雪壓一篷重，扁舟薛瀫湖。雲寒濃欲凍，烟遠淡如無。客夢三更醒，征人隻艇孤。明朝風若息，指點即姑蘇。

## 即事

萬花放名園，過客未必愛。惟在幽絶境，一枝令人耐。散步入江村，野梅開屋背。尋香路不迷，人梅兩相對。劚笋主未知，隔籬犬先吠。童驚奔告娘，花間有客在。摇動最高枝，雪墮一身碎。物好不在多，趣足宜即退。回首望來途，已爲竹林礙。

## 掉戧辭 風逆舟横行，俗謂之掉戧。

潮挾舟逆上，風怒聲如吼。不圖砥柱功，乃出長年手。天禁不得行，人强使之走。進纔一步前，退反二里後。猛然勢傾側，倒懸垂其首。又或一翻簸，纔左而又右。身如轉轆轤，心如醉醇酒。世路本如此，適來逢其偶。笑彼録録者，畏險徒株守。惟我則不然，風波閲歷久。鼾聲起篷窗，逆來以順受。

## 旅館

旅館蕭條趣若何，幸携一卷伴狂歌。静來暗記墻邊笋，待到明朝長幾多。

## 癸巳即目

吉貝産江鄉，種者什八九。勤劬待有秋，息較菽粟厚。三春蒔種難，典得嫁衣單。豫擬西成後，取贖禦嚴寒。入夏一雨洗，細草生如薺，非種則必鋤，驕陽炙我體。脱得草無存，螟又嚙其根。捕捉猶未了，霪雨來傾盆。一莖七八蕊，凝滯中如水。乍開一二花，争貯布囊裹。斤花價二百，匹布三百錢。日縱斷五匹，枵腹何能延。布機已生塵，紡車寂無響。易米仗囊花，争奈米價長。悔不早種稻，種稻收較好。前村礱碓聲，入耳增煩惱。嬌兒膝下啼，啼説兒腹飢。病翁床上卧，覆體無完衣。飢寒猶細事，更怕催租吏。官債與私逋，敲門何地避。眼前兒女二，難免他日棄。説罷長欷歔，且鋪敗席睡。

## 乙未十月束裝南歸，信宿黄子春孝廉慶萱誦芾寮，枕上口占留別

又聽驪歌唱，依依判袂難。離筵拌薄醉，別泪莫輕彈。殘夢柝催警，虚窗月射寒。偶留鴻爪印，何日續前歡？

負米遠辭親，天涯一樣貧。窮難除傲骨，世欲殺才人。風雪思俱壯，關山夢不真。即將珍重語，還贈病中身。時君方抱病。

## 登太行山

萬峰茀鬱拔地起，袤延孕結環千里。襟帶河朔控燕雲，險塹河山分表裏。馬蹄滑踐凍雪殘，羊腸古坂十八盤。一峰纔下一峰上，陡臨絶壑深千丈。置身疑已在高顛，頫瞰中原只辨烟。誰知迎面又一嶺，嶺嶺不窮真勝境。蒼茫雲氣薄衣裳，一彎殘月墮昏黄。縱覽直教天下小，黄河如綫通雲杪。忽然峭壁鳥道通，一人一騎差相容。有時石滑如鏡面，未行乍睹色先變。到此方知行路難，崎嶇遮莫成奇觀。傳聞白起曾坑趙，四十萬人如刈草。至今風雨夜昏昏，山凹飲泣戰士魂。城留碗子關天井，扼要憑斯最高頂。三千年前古戰場，一夫守險衆莫當。宣尼猶賸回車迹，點點石痕深似墨。英雄幾輩數經過，廉頗藺相如周處李靖訛傳訛。只有梁公望雲處，到此褒裒不能去。白雲親舍望深深，何以慰之游子心。頫仰古今同一感，妙景當前倦游覽。君不見邛郲返轡有王陽，胡爲一身輕試險。

## 遣 興

鄉夢初縈旅館西，驚殘又被一聲鷄。深山夜半兒歸鳥，莫向游人故故啼。澤州有兒歸鳥，相傳爲後母逐兒所化。

## 壬子春暮客冀南，定嫻以詩寄懷，和韻答之

料得家虛儋石儲，尺函偏滯十旬餘。時寄歸信四月方到。難教巧婦炊無米，喜報嬌兒已讀書。鬢影易從愁裏老，離懷强在客中舒。鸞箋幾幅相思字，昨剖春江雙鯉魚。

遥知兒女憶燈前，香霧清輝思悄然。荆布心安貧亦樂，關山目極日如年。寄衣豫恐寒先到，修札應妨夜半眠。不道齏鹽忙未了，尚餘結習對吟編。

九點齊烟千里思，鉛華珍重愛芳姿。草薰陌上春深處，柳色樓頭人倚時。尺素緘情縈遠夢，硬黃惜别總書癡。時鬻去藏帖，詩以惜之。天涯報慰伶妻喜，久未臨風醉酒卮。

## 題楊鐵崖先生象，爲子篔宜復作

圖作小舟二泊秋柳下，又雜樹一旁，則小石蘆荻。左舟疑鐵翁袖手若聽右舟翁論議，其執册而質疑者，即雪海也。題云：「老鐵愛我鐵笛歌，呼我爲鐵時倡和。輕舟共泊深林下，議論横生不厭苛。時至正庚子四月，爲廉夫老宗丈清玩。吴中雪海基。」水墨絹本。以建武銅尺度之，高三尺五寸强，廣一尺八寸强。元至正庚子，爲順帝改元之二十年，至道光己酉，正

五百歲。楊基號眉庵，又號雪海，仕明爲按察使。圖爲楊子箕藏，得之之由，詳其自記。己酉長至，屬華亭馬君若軒昂縮臨小冊，遍徵題什，作此以應時。咸豐丁巳重九前三日。案，《明史·基傳》：「於座上聽《鐵笛歌》，楨喜語從游者曰：『吾在吳又得一鐵矣。若曹就之學，優於老鐵學也。』」

通靈畫有鬼神守，留待五百餘年後。翰墨顯晦信有時，楊生奪之脉望口。啟囊展卷索我題，得識皤然鐵崖叟。傳神者誰雪海翁，並肖已貌列其右。茫茫大地兩扁舟，夾岸葭蘆雜楊柳。漁竿雖設不投綸，詩卷高歌趣命酒。風生議論共掀髯，我鐵即以鐵我友。拌將蘿薜易簪纓，任彼白雲變蒼狗。話到滄桑涕泗沱，揭來峰泖栖遲久。風流已渺歷年多，憑吊空餘土一阜。潮音閣下晚潮來，鐵笛聲猶在林藪。幸得須麋留畫圖，亘古且將傳不朽。風烟浩刧幾春秋，衹今仍畀宗人有。願君什襲好護持，慎勿出示寒具手。

## 成仁祠

順治六年，魯藩奔踞舟山。八年，大軍克城，魯藩入海遁。九月初二日，從臣大學士華亭張肯堂等及妃嬪眷屬、都人士女殉難者不可勝數。姓氏爵里可考者三十餘人，餘佚。經歷喬鉢火而瘞諸北郭鎖山之原，立石曰「同歸」。大域知縣繆燧建成仁祠於前，總兵藍理捐田奉祀，有祠春秋致祭。己未仲冬既望，偕秦彦華端、王載之家佐拜謁祠下，敬成一律。

拚將碧血化青燐，寸土都無焉置身。一代有明今結局，千秋此輩盡完人。泉臺剩有孤忠淚，荒冢長留海國春。萍水偶來鄉後進，瓣香憑吊亦前因。栗主以華亭張公鯤淵冠首。

感懷

三分春已雨中過，消却雄心付醉歌。憂憤久拚焚筆硯，艱危況復遍干戈。米鹽價貴文章賤，親故音稀死散多。劇喜新知如舊雨，謂季陸二君。好將感慨共吟哦。

姜烈婦詩 華亭廩貢姜祥磻女，適彭雋。庚申正月，賊陷松江，避居陳家角。十四日，賊抄鄉至，雋受重傷，氏赴水死。越二日殮，面如生。年四十有二。甲子秋，附名彙奏請卹。

歲寒不改女貞榮，吁嗟一死今猶生。陳家角前三尺水，不敵烈婦心骨清。華亭姜女詩肱後，世系蟬聯旌六婦。持家廿載相彭郎，今日何期厄陽九。五茸兵火劇堪哀，回首門庭已劫灰。裁得倉皇僦村舍，争傳驍賊略鄉來。郎手曾無縛鷄力，此時那得能殲賊。泣血相對不成聲，郎身傷已叢鋒鏑。妾身不可留，妾在徒貽郎心憂。妾死不復悔，郎傷恨不妾身代。料得今生不兩全，懷沙願葬此泓泉。先軫面目如生日，毅魄誠能格九天。茹死如甘那道苦，誓不偷生辱門户。九峰三泖峙且渟，烈婦之名將與竝千古。

**錢韞素** 字定嫻。爲嘉興錢文端公後裔。清上海國子生李竹孫先生之配，明經梯雲先生之母。事姑孝，課子嚴，治家有法。竹孫先生幕游在外，或數年一歸，梯雲先生之深明經義，皆出自母教。喜讀《毛詩》《戴禮》《爾雅》《文選》及唐宋古今體詩，兼擅繪事，得南樓老人家法。因自號又樓。諸宦族爲子女擇師，先後争迎懸絳帳者十餘年，門下士多有賦《子衿》、歌《鹿鳴》者，壽至七十有八。著有《月來軒詩稿》三卷。

春歸次家大人韻

經旬未見瓦溝乾，小白長紅一霎完。世事看來無一可，人生能得幾回歡？忽彈指頃驚初夏，才起身時覺曉寒。駒隙催人時物改，寸陰尺璧挽留難。

折瓶中菊贈柔旃姪女并係以詩

分折幽芳貽所思，膽瓶曾伴夜深時。近來病起慵梳洗，人影清癯較似之。

寄　嫂

申江兩見月圓時，每展家書慰別離。准待春來風信好，梅花香裏是歸期。

竹孫應京兆試北上賦詩贈别

唱隨已過半年餘，惟盼淩雲健翮舒。知否計程情切切，平安早報數行書。

但能志願似前人，梁孟相依豈厭貧。此去天香飄月窟，折枝早慰白頭親。

竹孫和韻留别，疊韻酬之

起居自檢莫疏慵，寂寞征鞍少僕從。漫道行囊羞澀甚，文章價重待遭逢。

竹孫臨行口占二律依韻以贈 存一

此際情無限，愁心肯易消。懷人驚夢遠，撫景悵途遥。别緒縈南浦，輕帆趁早潮。語長宵覺短，鷄唱怕來朝。

竹孫自山左寄朱提，遲久不至，匱乏日甚，以所藏《渤海藏真帖》鬻泉五緡，感而賦此

廿年綺閣久珍儲，欲別徘徊思有餘。筆墨抛荒持井臼，米鹽計盡典琴書。空嗟道阻勞凝望，祇盼時來得展舒。充膳且教藜藿飽，家貧敢道食無魚。

瑣記艱辛百費思，朱顔瘦減鏡中姿。聊將十指謀生計，慵整雙鬟鬥入時。處世未如一分願，多情贏得半生癡。幾番回憶蘭閨事，愁集頻傾酒數巵。

題孫嘯琴翁華清蒔花小舍圖

茅堂新築儘栖遲，况見蘭階茁秀姿。補石頓教成畫意，編籬扶上最高枝。風迴深院香初定，月印疏簾影漸移。小草亦勞扶護力，春來凝碧倍榮滋。小兒在北橋，極承照拂。

姜烈婦詩有序，同李尚暲作。

前生應住㷀珠天，小謫塵寰四十年。心自冰清骨自鐵，凌波莫但比飛仙。

幼曾節義慕千秋，此日堅貞志果酬。溪水也含悲惻意，年年嗚咽向東流。

皭然日月並争光，梓里風傳姓氏香。潛德好憑彤管闡，待看綽楔表輝煌。

二月三日聞瑑華如姊訃音，傷悼不已，泛舟往吊，成十截哭之，並志幼年交契云爾 存七

聞信驚疑是夢耶，傷心腸斷恨無涯。早知一别成千古，悔煞怱怱急返家。客臘聞病往視，少瘥即返。

破浪衝寒一葉舟，憑棺一面也難謀。思量四十年前事，白首同歸願未酬。

閨中少小訂同心，同年同月契最深。姊誕先余十日。記得髫齡諸姊妹，春晨秋夕話花陰。

偶然小謫落塵寰，原是蓬山仙子班。駐得丰姿顔似玉，已逾五旬，顔色不減。不形衰朽异人間。

繐帷蕭瑟最堪悲，拭盡啼痕唤不知。凝想音容君宛在，落花流水返無期。

迹疏情密梗同萍，鴻爪東西卅載春。待得歡逢纔幾次，可憐還作夢中人。
籚堂殯殮福無邊，遺挂春風尚儼然。剩有徽音傳母範，一時名碩拜靈前。

題竹口占示登兒

獨抱干雲志，亭亭翠玉森。宜師君子德，直節更虛心。

昨有茉莉穿成仙鶴，色白香幽，群起争玩，翌日枯槁，將委棄焉，予不忍，仍留几上，朝夕對之

争羡新葩態乍舒，穿成舞鶴巧何如。盈盈珠綴清無比，纍纍星攢潔有餘。一室幽香人静處，半匳花影月來初。惜他俄頃成顦顇，惟我猶憐愛不虚。

哭逵孫

依戀含飴在幼冲，惟生至性不凡童。曇花一見珠沉海，短夢悤悤五載中。

海上何來香返魂，南交遺種恨朝昏。當年哭女千行泪，今日酸辛哭次孫。
牽衣索果夢相通，繞膝追隨西復東。撫育二年辛苦處，可憐勞悴付東風。
聰明期盼壽而康，不道人天判各方。七十五齡翻哭汝，達觀縱曉也難忘。
也能代父侍尊前，如此孩提劇可憐。恐怕春風寒料峭，頻頻唤我莫輕眠。
每事知機識重輕，惹人憐愛本生成。祇由迷却前因果，緣債難分辨不清。
果然友愛識謙和，讓棗推梨不取多。搶步倉皇容帶笑，耳邊猶聽唤哥哥。
是真是夢未分明，猶自癡迷意不平。今日窗前滅形迹，誰人呼我百千聲。
迢迢遠自隔關山，此去蓬萊不見還。一縷絲牽情脉脉，轉睛望爾踐刀鐶。
簾櫳寂寂日遲遲，垂老年華懶賦詩。情太親時緣太淺，而今爲爾綴哀詞。

自題畫山水

丹青妙技未心嫻，率爾操觚弄管斑。隨手繪成深淺黛，卧游何用出鄉關。

木葉森森翠一叢，烟霞千里景相同。桃花春水垂楊畔，携杖橋頭訪釣翁。

**何宗雅** 字笠峰，清嘉道時人。居閔行鎮北街。

癸巳孟秋，竹孫二兄携其姊《猶得住樓遺稿》索題，余與君家世通姻好，居又比鄰，不能無詩，因成七絶十首，以慰幽貞，并揚閨淑焉 存六

不分天上與人間，總視才華第一班。帝作玉樓長吉召，况聞薄命是紅顔。

才女古來有幾般，傳經讀史壓吟壇。今繙得住樓遺稿，欲與離騷一例看。

少小幽閨筆硯隨，一家團聚笑言時。如何下筆多哀怨，無論皖江以後詩。

托喻曾經咏水仙，分明不受俗人憐。問花天下何年謫，但謫紅塵廿五年。

遥望吴門水一涯，閨中難得是同儕。兩家姊妹天生定，來即聯吟去即懷。集中多懷香崖詩。

里居相望早知名，定料吟懷如此清。昨夜挑燈難卒讀，鵑啼猿嘯不勝情。

**李榮滋** 字畹香，號心蘭。清廪貢生。光緒癸未重游泮水。赭寇粤匪先後擾亂，帶團堵禦，地方得全。他如辦賑務，董積穀，創衍善堂，疏浚鶯竇、竹岡兩幹河，建造宗祠，事迹昭著。生平肆力於秦漢諸書暨唐宋八家，故發爲文辭，具有根本。又善岐黄，爲人診治概不受酬。著有《白石窩》及《新園詩文稿》，待刊。居新西街養素堂。壽至八十有二。

登狼山揖大聖 狼山距通城十八里。

峻嶺風高動客愁，江南多故此羈留。萬松雲暗埋山寺，一塔晴懸浴海流。到眼烽烟憑劫火，半生蓬梗付閑鷗。我今絶頂瞻名勝，一瓣心香宿願酬。

## 登天甯寺塔 塔建城中衢。

靈境豁城闕，客來游忘疲。梵宮層列排，地迥塵囂違。文峰巍峙者，上欲浮雲齊。金碧閃白日，璀璨光琉璃。信步一縱目，不覺衰顔怡。街衢若擘練，廛市面面圍。蛇行旋直上，引人漸入奇。河濠環一碧，城堞俯四埵。平沙外亘互，院宇中叢迷。囂音微不辨，人面認依稀。迅力追絶頂，飄摇遂無羈。萬象彙森然，豁盡凡胸期。是時晴朗久，溽暑猶未歸。凉飈九霄來，颯颯寒襲衣。烟樹足下溟，雲霞天際飛。紫琅侍我側，嵐光壓人眉。吴會浮數峰，隱現淡霏微。喧鳥寂不聞，星辰近欲低。浩浩此長空，蒼茫一氣爲。境高神漸悚，亟下搜穹碑。模糊峙廡旁，剔蘚披乃詞。崇墉昔未建，浮圖已斯基。朝市益岩聳，幽處故坦夷。升沈竟何常，滄桑不可知。誦畢出東門，斜陽淡柴扉。

## 悶坐旬餘，吟興已索，房主人以桂萼贈，而夢中得「花氣入風清」之句，續成之

异地誰青眼？一枝心已傾。仙根留月遠，花氣入風清。作客我無計，留人物有情。更欣秋獲實，殊不讓春榮。

## 虞姬墩 俗名野鷄墩，在吴淞江南濱。

楚漢紛争一旦休，美人香骨遂斯留。不馴吕雉老無耻，孰若王前完節優。

吴淞江滸水湯湯，如聽虞兮歌斷腸。賫恨千年餘殺氣，佳城壁壘又沙塲。官兵駐營墩上，寇至，四面攻圍，戰争累月。予董浚吴淞，到此見壘土猶列，濠河未堙。

## 泊舟女兒涇遇雨 咸豐十年，此地築土堡植杉栅禦匪。

野戍通津路，危梁獨客舟。濕雲堆岸重，飛浪挾沙流。風雨三春暮，乾坤一葉浮。遲明待西逝，颯颯使予愁。時擬郡南拜墓。

## 彭名雋淑配姜孺人殉粤匪亂，求詩

千古名節争一死，丈夫猶艱况女子。天遣奇禍鍛奇節，廿年伉儷付流水。表海名媛孟光儔，井臼親操中饋周。一朝烽燧五茸遍，四顧無地堪羈留。狂氛驀爾中路逼，一命慨爲君子酬。是時焚掠并污蠛，清濁皂白渾不辨。呼號震野哭啼稠，慘日無光天地變。草木黯淡寒雲愁，緊兹白璧可碎不，可奪清魂一縷冲斗牛。越日河干訪貞烈，河水湯湯聲嗚咽。顏色依然鬢髮披，含眸不語寶釵折。閭里聞猶動感傷，同牢能不增悲切。莫悲切，足流芳，閨閣抗志鬚眉張。劫灰今消日月爛，清風遠播峰泖香。龍章會看頒綸綍，一洗陰翳宣幽光。

## 述　懷

洪鈞陶品類，渣滓成形軀。靈光中茫然，鍛鍊爲精腴。慨經内外爍，剥削無少餘。紛紜朝至暮，神昏形亦虧。宣聖養中和，莊老抱冲虚。元精涵耿耿，舁轍仍同車。何當掃浮雲，還我天地初。

讀書破萬卷，日與古人遇。名理微言剖，典籍經濟彙。迂拘章句學，紛紛訟同异。奇才艷詞華，摭拾誇富麗。展卷雲漢昭，掩卷參商背。予維賦性拙，垂老增困憊。豕魚訛不辨，山海荒懶記。

蕭蕭風雨秋，閑閑觀大意。策杖出東門，薄暮將何之？深山已落日，寒風襲人衣。暝靄漫無涯，昏昏誰開迷。妖狐又野嘷，怪鳥時樹啼。信心斯熟路，側足忽深溪。不如返我廬，嘯歌自悦怡。

世事如流水，一逝不可復。苟無堅忍力，能不狂瀾逐。志士生叔季，勵節懷冰玉。絶俗傷孤高，同污亦混濁。和光全其真，狷介還我獨。塵世悠悠者，誰識此芳躅？安得起古人，共與談心曲。

歸舟重過泰山 二首選一

數家村落望依稀，古墓荒凉又斷碑。老眼模糊都不省，栽花還問軟紅泥。山陰紫泥，宜擇蘭蕙。

夜泊葉榭鎮聽雨

急雨又頑風，塵囂一洗空。積寒過二月，獨客此孤蓬。兩岸昏成墨，殘燈黯不紅。宵深逢柝起，隨溜到橋東。

夏日客至

老拙無求天地寬，日長一枕夢魂安。疏慵自分高軒隔，剥啄誰來陋室看？伴我書閑剛入趣，宜人竹瘦更生寒。亟搜野服趨將出，蟬響隨風過客欄。

石塘村夜泊

幾家村舍水迴環，禾稼登場農事閑。籬犬不聞人影寂，一宵鷗睡足溪灣。

登春申閣

四君名位本相倫，孰建奇勛此水濱。三户一廛無故楚，大江高閣有春申。百年治績空餘史，萬頃恩波直到今。我肅衣冠瞻廟貌，芬芳俎豆快重新。

雁來燕去幾清秋，此地年年集勝游。曉靄東涵滄海日，晚凉西納泖河流。窗前帆影移村樹，檻外漁歌發荻洲。最喜淡雲微月夜，疏燈點點碎江頭。

重游泮水自述十二章

汶蹈風微遠莫窮，吾鎮以閔姓傳，徒存一塋，而無昔賢後裔。大江迢遞目長空。乾坤荒老身斯寄，贏得青衫頭尚童。

悔不淩虛汗漫游，儒冠絆着等羈囚。束身名教無聊甚，非惠非夷兀自求。

有書不讀我誰師？文藻徒工亦所嗤。信筆手嬉鳩杖接，回頭竹馬未多時。

也曾七戰走名繮，花樣乖方力不量。還我敝廬仍抱膝，恩綸提出舊宫墻。乙丑歲覃恩出貢。

從兹問世只隨緣，奇劫何來百六連。檄至番番心力瘁，爨烟纔起又烽烟。道光乙酉，奉命辦賑。

么魔小醜煽鯨波，踞海沿江殺氣多。游騎到閔鎮。團截三年方卸甲，粤氛四塞復提戈。

連營犄角力均持，一浦推爲十萬師。奉辦團練閔行及中渡橋、塘灣三局，時賊幟遍浦南。西旅飛來鄉旅繼，龍噴花落各奔馳。李中營偕華總戎用火龍落地開花破奉南各鎮。

天生方召奠山河，日月光華奏凱歌。墜露輕塵難掛齒，羞顔漫録廁岩阿。咸豐辛酉二次克復郡城，恩授復設訓導。

灾祲銷餘歲屢豐，備荒水道策疏通。東西畚鍤如雲集，處處田收灌溉功。董浚邗竇、竹岡。

無如僻壤半窮鄉，缺陷須彌恨事長。法補漏天無福地。神明許我共馨香。衍善堂辦善舉而無公所，爲籌置廣明庵，改建之，仍奉三官大帝。

壯歲從公晚及私，祚衰門户溯宗支。江流注濼多明水，承啟軒新薦一卮。甲戌歲，建家祠於横瀝西偏。

而今風燭霧花看，義在思從氣不完。還少無丹徒學少，後先揆也孰予安。明道先生有「學少年」句，是樂顔閔真樂，而予世居閔鎮。

**黄　橙**　字石君，號蔭庭。清議叙八品。書法大米，得其神似。爲人淡於榮利，日則課農，夜則讀書，不問外事，終其身如一日。地方官紳或以公事見委，必謝曰：「聊解我囊，以助公益，則可。若屬以事權，則我守家訓，不敢違也。」蓋深得養真處世之道者。壽至七十七歲。居竹岡西文蔚堂。

題《南津草閣詩集》

兄弟怡怡樂性天，猶存手澤此遺編。古來潛德終須發，前輩流風果足傳。當日雙丁兼二陸，而今璧合又珠聯。集中佳句休嫌少，紙貴三都有幾篇。

**夏世熙** 字慵卿。清上庠生。性愛風雅。著有《蘭徵堂詩鈔》。居閔行鎮留橋街蘭徵草堂。

## 游仙詩

留别瑶京閲幾霜，回頭塵界變滄桑。昨宵又被符書召，香案無人侍玉皇。

紫府風光特地清，朝真時有异香迎。侍娥不識仙官貴，閑倚欄杆問姓名。

仙蝶翩翩繞地飛，奇花香襲五銖衣。御筵厭聽清平調，别賦瓊章進玉妃。

珠綴層宫玉琢樓，上方來往總仙流。飛瓊舊是深相識，一見傾心話别愁。

白玉光中舞袖寒，清宵不厭幾回看。嫦娥亦解相思曲，學唱文簫駕彩鸞。

宴赴瑶池閬苑西，敢勞阿母手親携。紫蘭宫不愁孤宿，王子登原是小妻。

夜半寒聲湧海濤，天風浪浪月輪高。怪他侍女無尋處，獨立蓬山釣六鼇。

長春麗景絶諸天，出色桃花四季妍。若較劉郎游更勝，群仙高會便千年。

## 七月二十四日張梅溪四十壽 四首存二

生日欣同龍樹王，盡招才士把霞觴。年華四十超人境，世界三千選佛場。君喜誦經。情性如醇堪醉友，文章絶頂欲熏香。自從折得蟾宮桂，歲歲奇芬滿畫堂。君中戊子副車，家多桂樹。

開樽影落紫微花，竹蔭君莊名。芙蓉照水華。秋色賀人同富麗，冬烘如我絶津涯。余病目，招飲不赴。風流自賞池邊柳，詩句都籠壁上紗。莫誤添籌尋海屋，烟波釣處即君家。

## 題静者居

深院日長風不動，小樓花落鳥初啼。主人怕有閑人過，急把雲關鎖隔溪。

## 李榮瀓

原名榮光，字玉廷，號虞堂清庠生。爲鄉祭酒，合邑俱稱公正樂善好施。座客常滿，有北海風。居閔行鎮留橋街。

### 題《南津草閣詩集》

不朽者有三，言立亦千古。古文推韓歐，古詩稱李杜。古文作者難，場屋利八股。古詩光燄長，作者都規撫。儘有鄉曲愚，天籟流肺腑。儘有膠庠生，如虹氣吞吐。曠達抒性靈，窮愁工刻苦。天特派詩人，一代風雅主。争奈詩人往，藁半歸黄土。簪纓世襲家，子弟誇紈袴。膏腴坐擁家，兒孫嗜農賈。一傳故紙堆，再傳視無睹。安得來良朋，編入詩話譜。末俗大可哀，湮没直無數。壯哉葉漁坡，輯藁錄詩光乃祖。賢哉讀六生，聳着吟肩繩祖武。

**黄　焜**　字允升，號韞生。清候選縣丞。少負大志，留心經世之學，不屑攻帖括習舉子業。品性端嚴，未冠時鄉人已敬而憚之。里中無賴至，不敢過其門，每繞道而行。洪楊之役，土匪蠭起，舉家避難崇沙，而公獨留。盡出倉粟以餉鄰衆，集合防禦。時股匪自浦南來者，因浦江駐有外艦，不得渡；而自郡城來者，沿途燒掠，勢甚岌岌。幸公率衆扼守紫藤棚橋，擊斃賊首數人，截獲賊騎，賊乃潰散。沙岡以東一帶免遭蹂躪，公之力也。事後不願叙功，故知其事者亦鮮。喜金石書畫，收藏甚富。惜年僅二十二，未及用世而卒。居黄家河圈素安堂。

## 紫藤棚橋殺賊歌

賊去且勿喜，賊來且勿慅。書生能殺賊，何處無英豪。私粟即軍糈，農具即軍刀。公家不可恃，詎敢累絲毫。郡城倏失守，沿路皆驛騷。東下如無人，大哭而小號。幸我衆子弟，義勇氣不撓。據險列行陣，以逸待其勞。一擊破賊膽，再擊擒賊驁。三擊賊授首，賊衆乃潛逃。但知救民命，慎勿矜功高。願祝沙岡水，莫再作怒濤。願祝藤花紅，莫再染征袍。

## 黄兆勛

又名熉，字寅伯，號杏園。清廪貢生。候選教諭。文辭典麗，書法遒媚。著有《綺香室詩稿》。配蔣氏，亦能詩，著有《綉餘吟草》。居竹岡西文蔚堂。

### 春盡雨聲中

報道春將盡，瀟瀟聽雨聲。韶華真過眼，時節最關情。南浦愁無那，西窗話不成。風光經上巳，花事了清明。榆大千林活，茶烟一榻輕。買園堪課夏，曉夢試啼鶯。

### 接葉暗巢鶯

樹接濃陰暗，韶光已載更。花間曾妥蝶，葉底又巢鶯。已遂遷喬志，初償出谷情。金衣微露影，玉管細聞聲。密幄深深護，輕梭緩緩鳴。皇州春色好，百囀試嚶嚶。

### 碧苔芳暉

詩品崇超詣，吟情寄碧苔。芳曾經日曬，暉恰上階來。奇篆蝸涎吐，斜陽鹿寨催。小園延古意，陋室絶纖埃。微雨疏烟後，殘碑破瓦堆。新晴增麗景，佳句付清才。

## 庭院無風花自飛

庭院深深際，閑花自亂飛。並無風蕩漾，好共雨霏微。媚態渾難寫，芳魂杳不歸。一簾消客夢，半榻味禪機。艷護鈴聲細，香粘屐齒肥。無言相對處，常覺思依依。

## 簾　波

一陣清風過畫檐，波紋蕩漾起湘簾。斜陽深院留香久，烟雨吴淞入夢恬。影浴蝦鬚三疊縐，勢拖燕翦半鈎尖。空堂寂静渾如水，好待黄昏月色添。

## 題《南津草閣詩集》

世澤文孫守，殘編合刻成。碎金真可貴，昆玉莫能京。昔入池塘夢，今争棣蕚榮。拈毫相繼起，繩武和咸英。謂讀六亦能詩。

重九開鵑花，和淡如夫子

徑荒無菊采東籬，瞥見鵑開傍絳帷。落落一枝欣吐艷，爲沾化雨已多時。

歲歲芳菲縠雨天，忽逢重九致纏綿。石岩啼血依稀見，色較三春更覺妍。

**蔣淑英** 字綉餘。爲明蔣性中方伯十三世孫女。清凝瑞茂才女。黄兆勛廣文之配。詩旨婉約，得風人温厚之遺。書法娟秀，逼似靈飛。著有《綉餘吟草》，待刊。《上海縣志》有傳。

咏鶯湖十景

自卑聞磬

老僧應入定，風送一聲磬。爲問世間人，塵夢可曾醒？

尚義落虹

移坊建石梁，遺澤焉敢忘。與其榮我家，曷若利我鄉。後二語係先方伯遺訓。

雙杏垂蔭

雙杏高尋丈，垂蔭十畝廣。其旁有女蘿，也附孫枝長。

重坊旌節

女子貴從一，虛榮無足述。撫此石堅貞，中有冰霜質。

樂勤遺構

一尺復一斗，不借他人手。歸田築此堂，述父而養母。

邢賓故墟

人傑地自靈，河以姓得名。那知未千載，河名且變更。邢賓河，本以二姓得名，今皆呼爲鶯脰河矣。

蔣氏弦誦

何以妥先靈？書香幸留遺。聽到讀書聲，勝奏迎神詞。

層墓樵吟

昔爲顯者墓，今成樵采地。翁仲縱無言，相對如墮泪。

南浦歸帆

南望春申浦，一帆歸遠天。得償終養願，不愧孝廉船。

東皐采藥

傍河一土邱，疑是蓬萊嶠。采采滿生意，臨風更舒嘯。

綺香室冬夜伴夫子讀

月落霜高正下帷，論文每愛夜眠遲。書當有味須終卷，且爲挑燈咏一詩。

**黄兆熙** 字菘園。清國學生。性高介絶俗，不求聞達。喜花木，於宅旁隙地編籬爲園，題曰「滿芳」。尤愛桐，故所植以桐爲多，結軒其下，夏日緑陰如幄。居竹岡西原文蔚堂西宅。

自題桐蔭軒

雲路橋邊一草廬，栽花種竹稱幽居。鄉村自得優游趣，緑滿窗前好讀書。

自題滿芳園

小園半畝枕三岡，烟水低迷歇浦旁。春到人間花事好，千紅萬紫滿庭芳。

**翁尊三** 字問樵。清道光十一年舉人。爲文力追先正，浦南北知名之士多出其門。居閔行鎮後東街。

題《南津草閣詩集》

詩話淵源紹石林，難兄難弟雜仙心。激昂頓挫聯成玉，俊逸清新句截金。自昔雙丁推大雅，而今二陸廢長吟。一編手澤文孫守，傳世他年好嗣音。

**何鼎鎔** 字篆香。清庠生。工小楷，與人通問，及記數入册，皆一字不苟。家寒傭書自給。居閔行鎮横瀝東。

題《南津草閣詩集》

柘城去申江，相懸約卌里。城中多德門，南陽尤振起。昔我未通家，無由知彼己。自從漁坡翁，移居近尺咫。晨夕與聚談，家聲式穀似。因知翁先人，讀書明經史。學業富縹緗，品望重桑梓。暇日示我詩，云祖伯仲子。我因盥手披，芬芳沁牙齒。近體白與元，古風杜與李。難弟共難兄，一編具兩美。手澤此猶存，雙璧珍同比。翁今恐失傳，將付欹劂氏。囑余志一言，余應曰唯唯。作此致我翁，翁喜我亦喜。茫茫宇宙間，人多尚華侈。祖宗有藏書，棄置弗暇理。如翁志非常，可以愧俗士。人言編此詩，傳世無疑爾。我言編此詩，南陽有後矣。

**蔣鳴盛** 字静香。清庠生。居鶯竇河西。

題《南津草閣詩集》

大雅不復存，風韻餘尺幅。异曲本同工，次第壎篪續。草秀惠連塘，古香濃浸郁。昔爲庭玉珍，今作籯金蓄。家學一再傳，手澤葆清馥。南望津梁欽，開卷神往復。

## 葉域

號讀六。清布衣。不問世事，設帳授徒，垂數十年。門下士得其緒餘而成名者甚夥。熟諳典禮，鄉里有慶吊事，必請公指導。又以公德卲年高，凡遇讌會，每推諸首座。公歸而印一紅圈於時憲，書日期上，年終統計圈數多寡，引以爲樂。然秉性質直，晚輩有稱爲不當者，即面斥不少貸，故人皆敬而畏之。著有《南浦草堂詩集》。原籍奉賢，遷居閔行鎮後東街翁宅五十餘年。

### 春日作 丁巳

一一偏多興，閑庭趣正饒。愛花翻芍藥，聽雨種芭蕉。天氣三春暖，鶯聲百囀嬌。閉門無客至，斗室絶塵囂。

### 哭姪兒勉堂 壬戌

沈疴數載藥空投，孰意膏肓竟弗瘳。痛絶一朝成永訣，那教涕泪不滂流。
早無兄嫂失瞻依，惟爾追隨願不違。堪嘆家貧常作客，一回時節一回歸。
入夏書來病更多，未秋先已怯輕羅。年當壯盛猶如此，老邁衰頽奈我何。

惹我憂思起百端，蓋棺雖畢泪難乾。他時歸葬先人壟，慰汝夫妻我亦安。

自嘆

憶昔移居歇浦邊，到今二十有餘年。余自道光乙巳遷居閔行。蹉跎學業嗟何補，困頓風塵只自憐。偶咏新詩頻吮墨，每逢春酒欲流涎。花晨月夕無心賞，衹爲閑愁一縷牽。

讀書丙寅

愛憐少子憶嚴親，課我詩書劇苦辛。今夜一編燈影畔，更深讀罷泪沾巾。

元旦丁卯

酒飲屠蘇醉復醒，金經不誦誦黄庭。敷陳淨几無多物，香在爐中花在瓶。

## 五月朔偶至易園訪李福草孀丈 壬午

適逢閑暇造君家，押麈清談興倍加。墨竹細看殘幅畫，石榴乍插小瓶花。病餘怕飲杜康酒，語次頻烹顧渚茶。詩趁分題須各咏，歸時紅認夕陽斜。

## 内人生日

屈指今逢設帨時，半生貧病苦相支。花因人壽開偏早，生晨〔一〕九月初三日。酒爲囊空買較遲。平日衣裳親澣濯，多年井臼賴操持。老夫未得稱觥祝，坐久聊吟一首詩。

【校記】

〔一〕「生晨」，當作「生辰」。

## 遣懷

黄梅天氣雨聲酸，五月江深草閣寒。借句。入饌白魚一二寸，出墻緑竹兩三竿。安排筆墨抄經易，束縛身心琢句難。時有客來清話罷，雖無酒食且盤桓。

陳芷芳許贈荷花一盆，詩以辭之

蒙君欲贈盆荷好，再四躊躇位置難。仍剪一花兼一葉，携來待我插瓶看。

七月十五夜集淡簡齋，朱理卿示馮彝吾書札并詩，作此

庭外梧桐葉落初，清茶一碗暫留余。何當今夜滿輪月，愁讀古人千里書。時事難堪歸劫數，詩情雖好感離居。老夫尚有雄心在，學試干將憤未攄。

贈李畹香姻丈 集唐。

醉斜烏帽髮如絲，許渾。龍馬精神海鶴姿。李昂。總在人間爲第一，歐陽炯。風流儒雅亦吾師。杜甫。

寄李梯雲

先生早賦歸去來，杜甫。兩人對酌山花開。李白。最憐煮茗相留處，李中。簾外春風正落梅。李群玉。

喜李祉聯偕姪廉卿至

侵朝一陣雨，天氣已先秋。是日酉時立秋。適有高人至，清談且小留。

十月十二清晨莊伯謙過舍作

倒屣迎賓欲小留，匆匆即便送行舟。羡君隨處動吟興，使我此時添别愁。三徑菊殘陶令宅，一簾月静庾公樓。暮雲春樹思無限，何日重來歇浦游。

**紀大復** 字半樵，世居閔行鎮。工書法篆刻，善山水。平生耿介，不事上交。鐵筆在文、何之間。惟畫不多作，得其片紙者咸珍愛之。《上海縣志》有傳。徐渭仁謂其隸書遠過金陵鄭簠，時無漁洋、竹垞爲之延譽，窮老荒江，人無知者等語，可謂傾倒之至矣。有《咏老》七言律詩十首。徐渭仁刻於《春暉堂叢書》中。

秃　頂

到底青年有幾日，頂天立地夢中身。醉僧圖比稱依樣，病鬣人看説效顰。怒不衝冠應自信，愁依搔首覺無因。縱然磨得頭皮薄，面目何曾一見新。

## 長眉

百無一善可争長，眉也垂垂不肯揚。總未稱時年已逼，斷難得展意先荒。知心疑我多愁似，徵瑞逢人算壽量。形體尚然非自主，皮毛何必費端詳。

## 耳聾

初聽秋蟲晰嚦鳴，漸聞遠處有雷聲。友朋譚笑身宜近，兒女喧嘩膽暗驚。動我疑心勤切問，看人開口怕相争。年來飲盡菖蒲酒，未得龍涎縱負名。

## 目盲

誰云明可察秋毫，遥望青天首一搔。動筆自憐羞見日，看書空費夜焚膏。凝神端合尋三昧，養寂先籌避百勞。迷霧滿空閑散步，最難低處又逢高。

## 齒鈍

伶伶俐俐記蒙童，列次分行雁序同。啖肉利于新劚劍，嚼梅香有舊家風。不期歷落頹如此，所剩零星力已窮。幸賴包容脣獨在，却寒藏拙可叨功。

## 鬚白

吟詩撚剩幾莖鬚，還得當年漆似無。誰喜銀髯連雪鬢，肯來粉蝶撲騷胡。香山坐上甯虚爾，垂釣灘頭孰認吾？隨手撩時堪一笑，從今合配杖藜扶。

## 怕冷

畏熱人應不畏寒，經霜歷雪飽艱難。蹣跚全要精神健，筋骨終非鐵石看。當曉偏偏貪日旺，臨風每每怯衣單。方知酒力能相助，枵腹充來量更寬。

健　忘

似醒似醉卻糊塗，轉眼沈思心已枯。讀未見書難一得，聯將成句忽全無。耳邊掠破霜花鬢，枕角翻來夢影圖。欲即還離渾莫據，豈如滿腹盡疑狐。

手　戰

血已虧時氣不舒，有關腕力奈何如。擎杯潑若滔天勢，握筆摇成垂露書。自信法宜養静好，人言心爲受驚虚。難于輕舉翻能重，壓手偏偏覺有餘。

笑　泪

樂極生悲論最良，一悲一樂亦尋常。泪從痛出人皆説，笑即悲來我不詳。試上萬言無點滴，偶然一語已沱滂。老來此節誰能解？真信横流别有腸。

**夏　鼎**　號韻蓀。清布衣。工辭令，兼善隸書。游幕多年，所如輒左。晚年益潦倒，遂鬻書以終其身。居閔行鎮。

連日霉雨，寂坐無聊，戲咏詩酒琴棋四絶

瀟瀟風雨動人愁，惟有詩筒興最幽。吟盡黄梅天氣霽，半窗皓月共勾留。

甘霖三尺滿池塘，沽酒提壺樂未央。醉卧竹床人莫笑，明朝烟水好栽秧。

熟梅天氣雨滂沱，緑綺琴彈一曲歌。彈到高山流水奏，看人郭外盡披蓑。

消遣今番草閣寒，圍棋一局兩人彈。有時敲子燈花落，水漲三篙夜未闌。

**顧慶騏** 號小園，又號小庾。清庠生。性聰穎，善文辭，惜不永年。居閔行鎮大街。

## 秋思

秋風秋雨兩蕭條，四顧書齋話寂寥。秋思不知誰自出，箇中消息度前宵。

## 觀演戲作

鳳管鸞笙入耳頻，俄飄密雨最愁人。銷魂曾記湘簾下，一轉秋波妙入神。

當年赤壁看高燒，烟火通紅放九霄。五色目迷金紙醉，書生魂小不禁銷。

小雨天街潤似酥，牽裳曳袂各擠排。却嗤鄉婦矜妍甚，步步回頭顧綉鞋。

## 潘進升

號子康。清布衣。以教讀自給。居閔行鎮。

### 題桐蔭舫

嫩緑埋階半是苔，此間小坐隔塵埃。焚香讀畫晴生塢，花雨吹紅燕始來。

閑聽鳥語夕陽殘，卧起開窗竹映欄。幽賞恰宜春雨後，携童笑倚濕欄干。

可幽賞處可吟詩，醉後徘徊繫遠思。堪慕枝頭相宿鳥，客來先自報君知。

獨坐蕭齋興有餘，窗前惟讀古人書。澆花洗竹閑中趣，惆悵儂家却不如。

### 桐蔭舫偶成

日長與友共銜杯，興起彈棋局始開。忽聽喧嘩傳笑語，鄰家送出玉人來。

觀潮

無端一陣雨瀟瀟，洗却秋山淨欲描。偶向聚龍橋上望，橫涇兩岸漲新潮。
行來陌上雨濛濛，草舍徘徊數釣翁。遥望波濤流極浦，長天秋水色相同。

**蔣承詡** 字淡香。清廪貢生。居鶯竇河濱。

二子乘舟

畢竟新臺事，宣公識太迷。乘舟懷伋壽，合轍等夷齊。棣萼相携手，籧篨奈噬臍。難兄難弟也，就淺就深兮。雁逐雙飛影，猿驚兩岸嚦。悠悠思二字，孝友發天倪。

**夏其釗** 字秋田，號元瀛。清光緒元年舉人。大挑二等，檄署靖江縣學教諭，以目疾不就。幼年習商，棄而求學，竟得成名。精醫理，工吟咏。著有《風月雙清樓詩鈔》，待刊。居閔行鎮佛閣西濱浦。

步李畹香先生重游泮水詩原韻

頭銜莫笑是酸窮，修到神仙萬劫空。不是當年舊游伴，有誰鴻雪證兒童。
芹宫容易再來游，身世何須嘆繫囚。畢竟遐齡由盛德，上元太乙祇虚求。
青蓮才調是公師，游戲神仙任衆嗤。自寫新詩剛脱稿，洛陽紙貴遍傳時。
枉自京華走敝纑，未逢盛會費思量。春風桃李無聊甚，目極崇高夫子墻。
奇才天縱有天緣，曼倩重來事或連。環向蟠桃熟時節，滄桑變滅説雲烟。
歷盡艱危世上波，惠沾桑梓受恩多。賑荒到處民歌粒，聞警頻番夜枕戈。

一代文章有主持，熙朝人瑞士林師。如公慧福人間少，動地雷聲遍播馳。

文星昨夜耿銀河，時彥爭呈介壽歌。轉瞬期頤臻大耋，蒲車徵待到岩阿。

到老絶無前輩氣，有時酬應總圓通。折腰不受羈縻粟，成就名山著作功。

釣游居近水之鄉，家慶團圞澤正長。金母木公雙白髮，桂蘭繞膝有餘香。

綽楔同頒遂愛私，堂姊幼字公長君，未嫁夫故，姊完貞守志，公憐而收之，與公同日受獎。門楣光耀喜難支。筠貞全賴靈椿蔭，婦替佳兒進一巵。

愛士常邀青眼看，嫁婚心願向平完。殷勤願祝靈光殿，日繞千竿竹報安。

**吴存鈺** 字子良，光緒元年副榜。曾任浙江蘭溪縣教諭。其先世本徽籍，清咸豐間避洪楊亂遷於浙之嘉善。光緒十五年設帳申江，遂徙閔行。著有《蘿月山房詩集》四卷，曾欹劂行世，今已不可得，僅有《題堂弟偉卿芳草馬嘶圖》五古一首，隻鱗片羽藉示一斑。

## 題堂弟偉卿芳草馬嘶圖小像

芳草碧如烟，游子悵別離。出門意惘惘，風高馬長嘶。男兒一墮地，四方志自期。安得如鷗雀，飲啄戀藩籬。吾弟不羈才，長在天一涯。十五事行役，三十倏忽時。縱横數千里，馬足慣驅馳。往還路若織，憔悴不敢辭。髫年舞象勺，擔簦遠從師。皖江與浙水，山川路嶇崎。蓬梗轉未足，兵燹重遭罹。朝行南山矸，暮行北山陲。片帆航海來，安栖無一枝。犇波三五載，鐵盡銷輪蹄。舍陸復鼓檝，天涯訪相知。相知不得遇，跋涉已如斯。江流飛若電，河流懸如梯。懊惱鐵鹿子，布帆掛秋飈。船唇復馬背，倀倀何所之。寇氛忽掃蕩，世復睹雍熙。從容歸故里，嗒焉有所思。思昔行路難，僕僕者奚爲。三徑雖就荒，蕪穢尚可治。萊衣雖已敝，娱親尚可嬉。殘書成蠹窟，課兒亦相宜。布衣昆季歡，曲室情怡怡。桃源不復羨，世界邁軒羲。何必車與馬，行李日東西。凄凄復凄凄，文章莫療飢。床頭金已盡，末路重嘘欷。堂上白髮親，膝下黄口兒。慚愧七尺軀，俯仰竟無資。丈夫不受憐，窮達何足奇。笑彼號寒蟲，鬱鬱階下栖。班生亦投筆，伍員曾吹篪。英雄落寞時，徒爲人所訾。呼僮重秣馬，去去勿濡遲。旗亭歌一曲，旅邸酒一巵。驛梅拂帽影，灞柳縈鞭絲。風塵多感觸，盡成囊中詩。客懷壯未改，馬足力已疲。呼僮蹔解轡，飲馬水之湄。

**沈　砎**　字嘯琴，號介石。生有异相，天資聰穎。未弱冠，琴、棋、書、畫已無所不能。且工詩詞、鐵筆。原籍浙江秀水。爲粤匪擄，其酋見而器之，委以重任。引以爲耻，伺隙而逸。流寓閔行，贅於夾溝董姓，遂居董宅，亦奇人也。

## 步李畹香先生重游泮水詩原韻

文章經濟亘無窮，冀北從來馬不空。四皓何曾受羈絆，皤然鶴髮却顔童。

百年泮水幾重游，豈屑徒爲章句囚。一代純儒能濟國，功成名遂復何求。

文采風流是我師，擊鐘寸草任嘲嗤。飛來一曲鈞天奏，信有蛟龍出聽時。

我來申浦駐游繮，猶戀儒冠不自量。十載春風培小草，願隨桃李侍門墻。

生成仙骨締仙緣，閬苑奇葩理自連。粱案同看萊彩舞，藍田自昔玉生烟。
市廛逐利慣興波，鬥狠庸流結習多。數語解紛皆感化，不教同室有操戈。
寇氛壓境賴匡持，訓練農兵作勁師。保障一方得安堵，孫吴謀略並驅馳。
惠周黎庶浚三河，隴畝歡騰起頌歌。富庶斯能知禮義，高賢何幸隱岩阿。
堂成衍善德何豐，處事精詳在變通。從此閭閻無缺陷，媧皇洵有補天功。
德行清貞化一鄉，水源木本計綿長。三聽雅有宣公意，俎豆千秋炷瓣香。
彼蒼造物總無私，厚澤深仁福可支。海上蟠桃初熟候，群仙共進紫霞卮。
著作編成仔細看，向平心願久云完。傳經蘭玉能繩武，杖履逍遥得自安。

# 挽李梯雲先生，仿和陶挽歌辭三首

平生交既深，百歲亦云促。滬城一爲別，遽爾登仙籙。有子能繩武，頓令悲風木。訃音忽報我，不禁爲慟哭。大道君既聞，卓哉稱先覺。終日手一編，於世殊榮辱。較書千萬卷，志亦快然足。

白髮態猶童，相對各傾觴。少小歷坎壈，世味亦同嘗。分甘頻握手，隨侍椿萱房。訓言猶在耳，白駒過隙光。自慚不舞鶴，蓊薆萎江鄉。德言君並立，如日照中央。

鳥啼花競放，白楊自蕭蕭。年年寒食節，杯酒醑春郊。滿眼蓬蒿地，佳城鬱岧蕘。死生契闊情，此際何蕭條。雷光與石火，富貴亦暮朝。浮生原是夢，其如造化何。著書名不朽，千古各成家。長松生千尺，靈芝九莖歌。潛兹瑾瑜質，璀璨山之阿。

# 卷　四

**李祖錫** 字子蓮，號祉聯，別號申申外史。清光緒乙酉副貢。任職江蘇震澤縣學訓導。性和易，生平無疾言遽色。精研宋儒性命之學，書法遒勁秀媚，兼工制藝。執贄門下者，取青紫如拾芥。秉鐸震澤時，著《修身範》一書，刊令兒童誦習，實有功世教。民國《上海縣志》有傳。居閔行鎮新西街養素堂西宅。

## 閱《養真集》有作

道在天地先，人在天地後。洪荒未闢時，道體合奇偶。天地自此分，妙道司樞紐。人物自此生，天地爲父母。太極動生陽，陽火人之神。太極静生陰，陰水人之精。一氣以貫注，精與神乃凝。所以精氣神，人身無價珍。心火降於下，紅日地中行。腎水升於上，皓月到天心。人生小天地，觀此悟養生。養生會須早，但護此三寶。何以養吾精，遠色精不耗。叶。何以養吾氣，寡言氣不暴。叶。何以養吾神，無欲神不攪。萬卷養生書，短歌殊了了。久持勿間之，自然登壽考。豈惟登壽考，明心而見道。

## 六十初度自述十二章

冷衙花滿萬端幽，時盆蘭盛開。荆布相依甲子周。一日清閑似兩日，各成百二十春秋。

生辰誕説泰山同，《蠡海集》載東嶽生於三月二十八日。洗腆休誇製鞠工。鄭俠圖披慘心目，聊移涓滴慰嗷鴻。兒孫輩凑筵資，並將親友祝儀充賑。

緬思蚤歲病魔纏，堂上憂敂幾廢眠。長大空懷風木恨，春秋霜露慨年年。

維時遍地警戈兵，鶴唳風聲迭次驚。咸豐癸丑，劉麗川陷上海。庚申，赭寇陷松郡，迫滬城。遷徙流離走南北，學書學劍兩無成。

時平氣鋭攬名繮，十載秋風不自量。漫説博浪車誤中，也曾提出舊宫墻。

傳經一室愧元亭，幾輩車因問字停。同學少年都奮志，簪花插帽舞衫青。館家中十六年，館竹岡黄氏八年。

三十年餘逐世塵，枌榆義務歷艱辛。寸心差可盟秋水，一任頭顱白髮新。歷辦書院、團防、浚河、借籽種。

徒手經營學界開，鄉關亦爲國儲才。殫精勞思不我憾，所願規模次第恢。戊戌，以吴會書院改辦强恕學堂，規制略備。壬寅，創設閔行務敏兩等學堂。

垂老才爲一縣師，光緒丁亥，候選。乙巳三月，補缺。八月，抵任。愧無教術足匡時。相期同學諸年少，東亞横流合力持。

考察頻番志氣雄，扁舟幾遍五湖東。青氈何解家山夢，赢得春風到處同。丙午，兼調查江震兩邑學務。

年來花樣幾番新，天演争教物競春。珍重同胞留國粹，中朝寇冕是彝倫。

司馬曾傳自序篇，平生歷史溯從前。慚予未定千秋業，且向崦嵫迅着鞭。

**李邦黻** 字梯雲，別字殷叟。清上庠生。少遭兵燹，棄儒就賈北橋。孫嘯琴一見器重，謂儒家子不當廢學，遂決然捨去，温肄舊業。入庠後，從嘉善鍾文烝受業，飫聞《穀梁》家緒論，故於《春秋》學爲最深邃。成《春秋穀梁經比事》二卷，輯《唐玉川子春秋摘微》一卷、《周易述補》一卷、《切韻啓蒙》二卷、《爾雅·釋宮》《釋親》二卷。中年後精研三《禮》，尤好宋儒語録，躬行實踐，治家整飭，恪守朱氏柏廬《家訓》，足迹不入公門。晚歲以保存古學爲己任，與同志設立圖書館，課暇輒至館釐整藏書。宣統紀元，邑人公舉孝廉方正，固辭稱疾不赴，遺書有文稿二卷、詩稿二卷、雜著一卷。卒祀孝悌祠。《上海縣志》有傳。居閔行鎮北街易園。

和閔君頤生元韻

世事何須問，陶然食與眠。一編安我拙，幾度到君前。文律精逾衆，詩心妙欲仙。共沾舒蓺澤，受教荷頻年。

夙抱匡時願，圖書海外收。經邦成地志，君著有《美州三國志》詒厥裕嘉猷。欲奠苞桑固，方紓草野憂。滿腔忠愛意，豈爲利名求。

代題孔君禮庭照

本來面目是耶非，忽著空門百衲衣。只爲茫茫嗟世事，虛無兩字悟禪機。

畫圖一幅壁門懸，幻影存來思悄然。自附精忠遺墨後，懸在岳王書幅後。此中深意孰能傳？

## 和王鴻伯大令 增禧

歲寒晚節共堅持，舊雨相逢酌酒卮。筦領名城三輔重，經綸世宙一斑窺。慚予硯食渾如昔，羡子榮旋獨自怡。時局變遷何日定？且循素分作聾癡。

## 祝張母喬太宜人八十壽

洪範陳九疇，五福首曰壽。七十稱古稀，耄耋尤罕覯。猗歟清河母，美意合延年。神明不少衰，八龢正開顏。歷歷數生平，嬍行不勝紀。適口謝珍饈，被體屏羅綺。治家循禮法，瑣務親米鹽。佐夫行善事，德澤逮飛潛。恪守敬姜訓，勤敏無日怠。夜寐而夙興，殫心隨所在。今者年既耄，多福皆自求。誥已錫翔鳳，杖尚郤扶鳩。玉樹蘭階茁，斑衣梓舍舞。四世慶同堂，樂境蔑乎鼓。時維葭月杪，設帨及良辰。延鴻綿福澤，酌兕喧衆賓。或則比松柏，或則方山阜。或擬郗夫人，或頌西王母。群瞻壽者相，鶴算猷添籌。期頤且馴致，善會承天庥。二子侍晨昏，鞠𦢊壽萱座。共抒愛日誠，壎篪迭倡和。徵文馳藝苑，珠玉盈千篇。賤子慚荒落，何敢與争妍。率爾獻歌謳，其言陋而樸。載賡天保詩，聊作華封祝。

## 酬朱雲逵 家樺

耳雲逵先生盛名久矣，乙巳仲夏蒙偕佐衡傅君惠臨敝館，獲聆清誨，歡如平生，竝荷惠賜佳章，愧於詩詞一道夙未究心，未敢率爾章和，謹獻絶句三章，聊以代簡，不足云詩，敬求大雅是正，稍暇再行報謁如何。

傾倒才名近卅年，無因相見思悠然。忽蒙過訪垂青睞，共證三生香火緣。

片刻清譚陳義高，辭章根柢本風騷。主盟蓺苑張旗鼓，揮灑雲烟意興豪。

惠我清華一闋詞，聊將俚句酬先施。自欣垂老獲新契，風誼應兼友與師。

## 題林春畲照

披圖仿佛睹丰神，獨坐拈花樂意真。不愛紛華耽習静，襟懷瀟灑絶埃塵。

勤儉興家事業新，和平温厚貌恂恂。更欣子舍箕裘繼，頤養優游上壽臻。

## 代簡寄王鴻伯廣文

賤子生成頑固性，伏處不與時争競。終日敞門課學僮，一切俗塵都掃淨。曩者鶯花三月時，先生履任將解維。親知祖道開盛會，我獨懵然未有知。既未公餞伸誠悃，又未臨歧抒繾綣，飄然一去作儒官，江北江南路遼遠。詩篇忽自遠方頒，白雪陽春屬和艱。幾度焚香浣薇誦，歡忻如接故人顔。我聞州治群山繞，廣文先生事尤少。舍却皋皐來鱣堂，景色清幽絶紛擾。或望遠山勢縱横，或賦新詩聲鏗鍧。陶然一醉忘世事，酣眠不作不平鳴。鴻雪因緣經七載，庚子之變，君由山左南旋，曾經是地。應慨桑田變滄海，重臨此地教宏敷。凡事皆有定數在，君今消受清福多。梓鄉故舊羡如何。邈然可望不可即，聊陳胸臆作謳歌。

## 祉聯宗弟六十壽詩

憶昔歲丁酉，爲君五十壽。詹詹成小言，冀君一觴侑。
彈指十寒暑，時局大變遷。君方周甲子，猛著祖生鞭。
不敢薄儒官，秉鐸來笠澤。興學具熱心，辛勤爲擘畫。

若者爲正軌，祈嚮宜自專。若者爲歧途，思慮莫漫牽。
勉成有用材，忠愛是宗旨。國粹賴保存，儀型式多士。
校官舉厥職，載道洽口碑。當兹嶽降辰，舉案欣齊眉。
雙甲傳佳話，賓僚競祝嘏。矧予總角交，同譜兼同社。
稔知君生平，安可默無言。爰爲覼縷述，麋壽慶無垠。
君生秉至性，行身無所苟。誠至通神明，刲肱療其母。
本此純孝心，善處婚友間。出言排人難，分財恤人艱。
地方有善舉，艱鉅力以赴。里鄗有英才，裁成無使誤。
一枝敏妙筆，十度利名場。桂香顧分半，差足遂顯揚。

子舍復多賢，孫枝群繞膝。盈庭鍾瑞靄，在御和琴瑟。
次君善治生，家業日益興。季子尤魁崛，游學具异能。
探盡扶桑秘，歷盡行旅苦。甘心忍耻辱，曲意受陵侮。
他日歸國來，朝廷倚將才。建牙奮威武，迅將强敵摧。
二老顧而樂，萊彩階前舞。綸綍聯翩至，全福世罕睹。
福多由自致，弧帨同時懸。涯海困洊飢，聞之情惻然。
移將壽筵資，聊作飢黎食。生佛頌萬家，哀鴻銘盛德。
鯫生愧不文，少小辱君知。文字互切劘，過失相箴規。
每當有司試，歡欣聚逆旅。絶無形迹嫌，而多肺腑語。

唯君遇予厚，唯予知君深。伉儷壽百年，區區頌禱心。

賀楊古醞八十壽辰

峰泖鍾靈秀，耆儒德望崇。才高爲吏早，學富箸書工。老去志猶壯，歸來境處窮。併無鬱林石，兩袖只清風。

囊讀洸洸集，欽遲已卅年。荆州欣乍識，魯殿幸常全。得力養生主，游心自在天。八旬開壽域，鶴算媲彭籛。

謹書王蕉雪義士絶命詩後

燕子飛來日，南都浩劫成。親藩方煽亂，韋布敢偷生。跛彼首陽節，憎兹靖難名。綱常賴扶植，一死豈云輕。

沈薶年五百，鬱久令名彰。勝代河山改，先生志節光。不辭槁餓死，豈屑草萊藏。值此横流急，巍然立大防。

## 步李在田原韻

一水盈盈阻，萍踪莫往來。詒書情繾綣，顧我願陪歡。矍鑠徵多福，蹉跎愧乏才。相思不相見，遣悶且銜杯。

## 題徐軍門生傳竝志遷火藥庫德政

畫裏瞻丰采，將軍間氣鍾。精神彌矍鑠，態度自春容。生傳留千古，仁風被五茸。中山勛業繼，錫爵待酬庸。

暨陽防務重，武庫亟遷移。火烈濱江弆，烟銷内地宜。兩全施澤溥，三捷建功奇。咸豐庚申，公與洋將華爾克復松城。峰泖傳碑口，人人繫去思。

## 壽黃幼亭先生 文濤 八十

盛名自昔傾山斗，汔未瞻韓忻握手。自從昨歲晤西園，辱與論交及下走。鶴髮童顏松柏姿，言辭懇款意謙卑。席末幾番聞緒論，信乎碩德是吾師。蝸居密邇通德里，時相過從譚文史。知君夙秉母節訓，學行交脩不求仕。隱居教授數十春，中更多故頻轉徙。幸而蔗境獲安閑，克家有二丈夫子。今歲先生壽八旬，八月八日懸弧辰。梁孟齊眉孫繞膝，門庭瑞氣一番新。衆賓相約躋堂祝，鯫生亦儗相追逐。先生曰盱君且止，聽吾陳詞披心腹。云我少孤賴母慈，丸熊畫荻教頻施。慨自北堂見背後，陟岵陟屺銜恤悲。冬仲椿萱百歲誕，願薦魚菽伸烏私。若先自壽開筵宴，輕重倒置殊非宜。客聞此言齊太息，欽服先生優孝德。孝德允爲福壽徵，耄耋期頤操券得。我儕遵約待三年，再上華堂壽偓佺。爾時骨肉團圞聚，國恩家慶兩綿綿。

## 補録題郭君翰臣　懷清照

名流支派溯林宗，濁酒頻澆塊壘胸。鄙彼折腰才莫試，君昔年需次鄂垣。安予容膝意非慵。豪情跌宕披真款，先業勤劬守素封。更喜芝蘭茁階所，綿綿茀禄頌如松。

## 賀葉君讀六添孫

滬江遷徙已三年，魂夢時縈馬帳前。忽見郇雲來一朵，孫枝又茁暮春天。

年高德邵意悠然，有穀貽孫瓜瓞綿。更喜幹支符厚載，中央獨旺植基堅。來書言令孫五行多土。

先生杖履復奚如？拇戰豪情定未除。悵我窮愁今益甚，何時杯酒兩情攄？

十里洋場异境開，新秋好駛一帆來。相携覷破繁華態，仰首狂歌渺九垓。

## 題松郡守陳蓉曙先生泖峰宦隱圖

宦興澹如此，飄然釋一肩。龔黄留蓋績，許鄭企前賢。政本椿庭訓，才推蓬島仙。泖峰叨福蔭，碑口萬家傳。

一幅先人像，欣蒙寶墨頒。表章銘盛德，企仰賦高山。恨未攀轅送，知應載石還。蒼生群托命，尚待濟時艱。〔一〕

【校記】

〔一〕原爲五律二首，底本誤連作五排一首。

## 又代題四絶

早列西清侍從班，偶然作郡到雲間。期年善政宏敷布，濟治謨猷見一班。

轉瞬光陰已及瓜，肯將傳舍視官衙。昕宵治事多勞勩，澤被閭閻曷有涯。
士民戀德願無窮，卧轍猶思借寇公。豈識宦情淡如水，翛然身隱仕途中。
前番幸獲識荆州，度量冲虚禮數優。下士如公今有幾，披圖題咏意悠悠。

又題陳太守之封翁純齊先生授經圖

積水不加厚，無力負大舟。積德未加深，奚自承天庥。
懿哉太邱翁，經明兼行修。經訓勤講授，經籍精校讎。
漢宋撤藩籬，遠紹而旁搜。鄭王异宗派，瓜區而芋疇。
頻番秉木鐸，教澤彼都留。檇李多人材，朝暮拔其尤。
士行陶方之制軍。白雲許竹篔侍郎。輩，藻采邁常流。勖之成國器，道與河汾侔。

及門羅英俊，有穀貽孫謀。忠孝爲堂構，經義爲箕裘。
令子列承明，文章炳以彪。攬轡志澄清，典郡來海陬。
愛士殊惓惓，旉政更優優。先生顧而樂，娱老却扶鳩。
耄期無或倦，鉛槧不少休。經學有大師，婺源與高郵。
竝獲躋遐齡，箸作壽千秋。先生踵其後，涂徑相匹儔。
年高德彌邵，多福實自求。瞻仰魯靈光，率爾獻歌謳。

又一村居賞菊

摩詰詩才夙昔知，者番始得誦清詞。個中一種閑滋味，恍值陶家菊綻時。
囂塵托迹具幽姿，佳句吟成對酒時。雅抱東籬元亮癖，名葩喜植傲霜枝。

靜對黄花意灑如，開樽相賞九秋初。二三知己歡然聚，覓句聯吟隱者居。

年年羈旅阻秋風，未獲追陪坐菊叢。自愧無才日衰老，俚言休笑白頭翁。

**姚其慎** 字憶仙。清明經。李邦黻之配。著有《六宜樓詩稿》，待刊。

寄吉仙三姊

憶昔歡娱少小時，學詩習字姊爲師。而今綉罷慵開卷，筆墨荒蕪感别離。

花落春歸雨似絲，添人愁緒繫人思。離懷無限書難達，卜盡金錢君不知。

新秋懷吉仙姊

拂拂秋風暑已微，新凉天氣未更衣。日長綉罷渾無事，獨倚南樓看雁飛。

## 秋夜同吉姊諸甥作

暑退新凉候，江村夜景幽。金飆吹蓼岸，玉露滴蘋洲。鉢乳全家衍，爐烟竟夕浮。分題同賭韻，佳句愧難酬。

向晚蟲聲急，連天雁陣秋。清光涵四野，爽氣豁雙眸。院竹迎風響，庭梧落葉稠。相逢無幾日，又動别離愁。

## 春日懷素仙五姊

斜風細雨釀春寒，病起開簾覺袖單。忽見樓頭鴻雁影，尺書欲寄問平安。

倚窗翹首起遐思，無限離懷只自知。屈指别來剛一月，光陰轉眼柳如絲。

## 夏日懷吉仙三姊

蟬噪高槐又一時，離情萬疊兩心知。樓頭望月添愁緒，日暮看雲動别思。回憶拈針同刺綉，記曾刻燭教聯詩。而今惆悵暌違久，早訂歸期恐誤遲。

春日偶成寄吉仙三姊

六宜樓外鳥聲多，病起清明倏已過。欲寄相思無妙句，自慚才薄强吟哦。

咏蘭花贈徐簡芬女史

根移楚畹豈尋常，玉砌雕闌好護藏。雅淡固宜騷客佩，清芬正助美人妝。孤高風度偏殊俗，香韻天然合唤王。憶到閨名原恰稱，謝家庭畔秀聯芳。

和吉仙姊花朝元韻

分箋賭韻解無聊，每遇佳辰愁暫消。杏蕊枝頭寒尚勒，聽風聽雨度花朝。

酬張心一甥原韻

愧無佳句答高歌，旅況吟情近若何？兩地空懷時節改，一生有幾别離多。開簾對景花慵綉，倚檻臨風詩愛哦。寄語鷄窗勤苦學，莫將歲月暗銷磨。

送李鍾秀甥

清明節近總難留，楊柳依依動别愁。唱到驪歌不成句，杜鵑催客上歸舟。

白燕同吉姊聯句

王謝常稀見吉，飛來畫檻西。梨花三月夢憶，柳絮六橋迷。細語珠簾畔吉，迎風王翦齊。羽毛憐潔白憶，新咏共分題吉。

次丁竹孫甥春日感懷韻

綉餘散步到東溪，芍藥闌前夕照西。來去花間窺舞蝶，徘徊柳下聽鳴鷄。十分愁緒春將暮，三月韶光草已齊。閑望白雲添别思，怕聞枝上杜鵑啼。

白牡丹和張甥心一

仙姝初降廣寒宫，雅淡妝成對曉風。群玉見時春寂寂，瑶臺逢處露濛濛。銀燈照座香光冷，璧月當簾色相空。青眼最憐瓊島種，陡輕魏紫與雲紅。

客中即事呈慈親大人

久别高堂繫念思，牽衣相見喜難支。多愁多病憐儂瘦，知暖知寒感母慈。客舍連宵常有夢，蘭閨此日待評詩。承歡漫把離情訴，且酌鵝黄酒滿巵。

贈丁書孫甥

清新詩句惹人憐，如此奇才勝謫仙。頃刻雲霞文獨燦，何時龍虎榜高填。羡甥能寫珠璣字，愧我難酬錦綉篇。衣鉢遺留今可繼，儂家宅相早名傳。

## 秋聲和吉姊

清宵雁唳過江潭，玉笛誰家巧弄三？葉落蕭騷飛院北，蛩吟啾唧響窗南。風傳砧杵千聲急，雨滴梧桐萬點酣。此際愁人眠不得，一燈如豆聽何堪。

## 和吉仙姊咏秋海棠

脂紅粉白共争妍，開遍雕闌玉砌邊。料得詩人吟不倦，書窗又劈浣花箋。

幻出秋容絶世姿，桂花香裏乍開時。劇憐小朵嬌還弱，獨對西風艷不支。

冷抱秋心薄世妝，天教點綴好時光。幽姿静女差堪比，底事芳名唤斷腸。

## 新秋喜諸姊歸寧即席口占

團圞聚首快平生，節近中元秋氣清。月下憑闌談别緒，堂前尊酒慰離情。分箋掣韻歡難罄，翦燭論詩意共傾。可惜暫歸無幾日，相依安忍送君行。

**黄宗翰** 號墨林。清處士。精數理，工繪事。性喜施捨，每出游，途遇乞者，恒傾囊與之。或解衣衣之，寧自忍凍餒而歸。居竹岡西素安堂。

池上夜雨

夢覺如梧滴，清音在藕塘。一簾涼枕簟，千葉潤鴛鴦。月掩昨宵影，風迴隔岸香。會心雖不遠，客慮到他鄉。

**項文瑞** 字蓮生。清光緒丁酉拔貢。朝考以州判用，分發連州。丁母憂，未赴任。先世自安徽休寧遷閔，遂入籍上海。幼年苦學，入庠後，肄業龍門書院。研究格致，尤精算術。游學日本。歸國創設師範學校，門下逾千人。嗣任上海縣視學，歲必遍歷全境兩周，勞瘁弗辭。其天性肫摯，概可想見。著有《游學日本筆記》。居閔行鎮北街。

自有才華作慶宵

一作青雲客，干宵志自賒。得人徵國慶，名世有才華。鵬路騰千里，鴻文搆八叉。掞天詞散綺，晝日筆生花。可用儀爲羽，何須慧拾牙。詩情凌碧落，字彩焕丹霞。此際翔鸞擬，當年吐鳳誇。趨蹌楓陛近，麗藻燦皇家。

列郡徵才起俊髦

到處人文藪，旁徵列郡才。俊髦多造就，翹秀起追陪。捧詔乘軺出，興賢采幹來。群歡羅廣厦，大任集良材。鶚薦門應闢，鴻規榜欲開。峨峨資四國，濟濟許三臺。吉士弱冠慶，宗工握筆裁。聖朝崇實學，雨露荷恩培。

六月蓬瀛燕坐凉

許我蓬瀛到，仙乎六月凉。蟬鳴音自遠，燕坐興偏長，願把清風引，休教烈日張。洞天揮麈樂，福地吸霞芳。喜占鰲頭穩，何勞馬足忙。玉樓雲待駐，瓊島籟猶揚。爽氣延今際，炎威却此鄉。定知凌絶頂，珥筆快翺翔。

**朱承鼎** 號理卿。清庠生。少負大志，好讀有用書。文宗韓，詩宗杜，字學蘇，畫學米。兼長公牘文字，對於地方應興應革事宜，多所論列。旁逮醫卜星相之學，無所不窺。一任鄉議會議長，再任鄉公所經董，樹全省自治模範。家貧，藉醫自給，而應診並不望報。其志趣品性，概可想見。著有《蒿隱廬詩稿》及醫案等多種，待刊。初賃屋以居，顔曰「今寄」。晚歲築蒿隱廬於横瀝之東，終老焉。

## 庚子時事

時局危如此，神州嘆陸沈。四夷謀約縱，七省具孤忱。南洋七省督撫不奉詔旨。賊藪聯樞府，庸臣誤至尊。杞憂今未已，兵禍日相尋。

仰首長安道，烽烟滿目驚。聖君危累卵，上相失鈞衡。南北分持局，東西互逞兵。素餐諸衮衮，何以答升平？

## 又七絶

張角興妖托義民，漫天炮火震重闉。溯從一炬咸陽後，又二千年刼運新。拳匪專事焚掠。

神京翹首重低徊，閣第連雲化劫灰。三晉河山幸無恙，諸臣擁護六飛來。兩宮駐蹕太原府。

貔貅十萬號勤王，千里旌旗耀日光。恨未搆兵先棄甲，將軍紀律亦尋常。

朱雲折檻知無補，諫草空投禍轉長。畢竟神仙難假托，群妖無術掃欃槍。徐、袁、許三公棄市。

## 又七律

驚心風鶴太無端，北望燕雲泪未乾。誤信蚩尤能作霧，翻教劫海起狂瀾。胭脂井畔宮鴉噪，雲母車前野鳥窺〔一〕。最是君王嗚咽處，神京回勒馬頭看。

神州富庶甲瀛寰，倏忽滄桑若等閑。月照金臺埋戰骨，風淒閬苑冷朝班。朱門灰燼空喬木，玉輦塵勞入塞關。上下千秋無此局，群臣謀國太冥頑。

連天烽火撼驚濤，殺氣秋橫聽斗刁。島國樓船青電炯，漢家營壘碧烟銷。提戈將帥淒桓笛，末路公卿學伍簫。京師大員隻身避亂者甚衆，至有乞食南歸者。試向析津沽上望，番旗處處繞雲飄。

妖雲蔽日鼠狐尊，幾輩朝回帶泪痕。碧血青燐無限恨，迅雷膏雨總深恩。霜秋慰踐忠君志，月夜悲回戀闕魂。三字冤沈公道在，聖明天子待温存。

長白星雲又掩明，鄂羅斯忽棄前盟。將軍鹵莽横挑釁，矯詔飛傳急用兵。鴨緑驚心翻猛浪，鳳凰遯迹慨孤城。那堪聖祖龍興地，三百餘年付鹿争。東三省又啓釁。

欲斬匈奴馬不前，盟成城下靖烽烟。懲奸敢惜三公貴，首禍諸臣有被迫賜死者。款敵窮搜九府錢。賠款至千兆。重輯敦盤三萬里，别翻棋局五千年。憂時每下新亭泪，俯仰乾坤一悃然。

合目愁雲撥不開，天時人事日相催。和戎李牧乘軺去，掠地孫恩越海來。極浦珠沈騰赤浪，嶺頭梅落捲黄埃。環看天壤終嫌窄，誰是中興濟變才？李傅相爲議和全權大臣。

叢桂飄殘夕照斜，吴頭楚尾感無涯。江濤迅疾驚弓鳥，漢樹蒼凉起陣鴉。帥府作歌開鐵網，張香帥有歌詞。書生流血濺泥沙。漫言半壁金湯固，翹望東南已亂麻。唐才常等未及發難被獲。

【校記】

〔一〕「窺」字出韻，疑誤。

## 五　更

燈前思往事，一一在心頭。大膽乘瓜艇，戊子乘小艇游焦山，風浪大作，是日覆舟頗多，予得無恙。狂歌向酒樓。戊巳間旅滬北日，以詩酒遣愁。生涯悲杜甫，文采詡莊周。感此發長喟，詩成曙色浮。

## 除　夕 時難年荒，米珠薪桂，連朝風雨，萬象陰霾，兀坐燈前，携尊自酌，顧兹景狀，凄然有感，爲作是詩。

急景凋年萬象昏，桃符瑞啟且休論。憂時過切言多激，樂歲難逢笑不温。何處迎年喧管樂，誰家伏臘足鷄豚。風風雨雨連今夕，百感蒼凉酒一尊。

## 世　局 五月十四日作

世局真教百變哀，天心人事兩相催。衆生夢夢餘煩惱，大陸沈沈祇劫灰。觸處危機憂莫釋，横流滄海勢難回。填胸塊壘知多少，且把興亡付酒杯。

## 送姚安章都戎 世清 去官

時局滄桑劇可危，白雲蒼狗事離奇。謂都戎遭讒事。雙清心迹江頭月，一體軍民峴首碑。南浦驪歌悵秋水，西風鴉噪動旌麾。匣中寶劍氣終躍，珍重臨歧莫自悲。

## 李祉聯廣文 祖錫 以二藍集見貽，賦此鳴謝

有明十子傳宗派，誰識開先有二藍。畢竟名山千古業，還從天府落人間。詩載《永樂大典》，並著録四庫館，其裔孫蔚雯備兵上海，曾刊板行世。庚戌邑明經李邦黻集資重刊，即見貽本。

一編貽我勝琳璆，風格三唐韻自幽。仁者樂山智者水，藍仁曰「山集」，智曰「澗集」。二難競爽各千秋。

## 憶舊

潦倒青衫弱冠年，萍踪海上幾流連。百無聊賴歌興鋏，少本疏狂恥問田。主姊氏家，復客南園及徐閬人同門處。擣藥蓬山呈佛看，曾在南園懸壺賣藥。賣文藝苑替人傳。時以八股文售書賈，約數十題，刊《文府》及《五萬選》者，皆不著己名。天生傲骨終違俗，阮籍窮途未受憐。

## 南滙黄本初以《模山範水圖》元玉見示，依韻奉答

造物生材何屈曲，故將富貴付庸碌。儒冠拓落多誤身，鄙夫無謀偏食肉。泥塗軒冕本無常，世人僕僕苦不足。次公不醉自能狂，阮籍途窮何用哭。丈夫懷才自有志，豈必太倉升斗禄。江夏黄君抱逸才，讀書不甘轅下促。五嶽四瀆輒冥想，十洲三島期絶俗。乾坤何處容自在，登臨真有三生福。扁舟一葉任來往，幽花野鳥都馨馥。興至好隨麋鹿游，閑來時與白雲逐。四顧曠朗心目醒，撲去俗塵三萬斛。芒鞋竹杖意超然，詩書豈爲功名束。君不見山中相，當陽天子詢時局。又不見湖上翁，釣竿拂去情聯屬。噫吁嘻子期不再睹，伯牙空鼓琴，高山流水誰知音。

## 郊原輿中作

尖風刺窗隙，融雪蕩簾前。荒落聞鷄唱，頑童抱犢眠。寒梅遲放蕊，春草待呈妍。自嘆勞勞甚，風塵不計年。

## 和黄雲深宗麟韻

三月江南正落梅，朵雲飛渡海天來。東風踏遍蘼蕪草，又向櫻桃笑口開。

湖山勝處快歌呼，海外東坡興不孤。紫紫紅紅花爛縵，風前折得一枝無？

## 題黃雲深《柳陰垂釣圖》

君不見漢室淮陰侯，釣餌直等爛羊頭，論功當世無與儔。一旦兔盡烹走狗，千古英雄空泪流。君不見嚴子陵，江山半壁踞富春，天子可友不可臣。垂竿日問烟波處，羊裘一襲全其真。卓哉黃子真吾友，掌定絲綸憑隻手。側身兀坐青茫茫，國士隱士誰其偶？黃子莞然爲我開笑口，道是此間魚可守。維魴及鱮貫以柳，呼童將去换美酒，醒倒同入無何有。拚着世事不見不聞今已久，那得還管古人賢與否，再問不答祇摇首。卓哉黃子真吾友，何日一竿隨爾後。

## 題徐品花《蕉影醉月圖》，時值拳亂，中外騷然，詩以寄慨

丈夫不幸生叔季，内訌外患紛紛起。神州大陸遍荆棘，群公衮衮等酣戲。人間何處是桃源？俯仰蒼茫安所寄。詎知大千世界有神境，醉鄉别自一天地。吾愛風流城北公，濁酒澆此塊壘胸。今古興亡付幾杯，當歌對酒氣豪雄。讀書十年不問世，何妨老我糟邱中。花晨月夕拚大醉，卷舒直與蕉心同。君不見引觴自酌晉陶潛，折腰羞向王公前。又不見舉杯邀月李青蓮，自稱臣是酒中仙。吾亦生平愛狂飲，何時與君載酒樂陶然。

送洪本立赴英咭唎

一天星斗氣橫秋，好送征人萬里游。絶域山川收眼底，男兒何必定封侯。

黄雲深赴朝鮮領事任，索題册頁

一從上國撤藩籬，東望鄰封劇可悲。夢裏猶縈箕子教，眼中無復漢官儀。使君懷抱槎邊月，蜃海蒼凉徼外詩。億萬僑氓皆赤子，好憑熱力盡扶持。

捧檄相隨使者車，元龍豪氣本來賒。中原擾擾成争鹿，大地荒荒噪暮鴉。入夢江山仍故國，回頭烟雨剩漁槎。昔年爲君題《柳陰垂釣圖》。艱難時局應肩負，海外東坡計未差。

送項蓮生文瑞之京

其一

吾鄉濱黄浦，江水日湯湯。大雅淪不作，僻陋吁可傷。皎皎朱舍人，名永佑，殉甲申難，有啓秀坊。

啓秀空斜陽。觥觥李農部，易園蔓草荒。名林松，有《易園集》。詎知石藴玉，畢竟山輝光。吾友有項子，允矣邦之良。守取古人素，棄捐時世裝。千里展驥足，矯首奮一昂。伯樂真知己，貢登天子堂。丈夫會清時，報國恃文章。世運覯艱閔，大廈資棟樑。勿謂時無道，蘭蕙抱孤芳。勿謂事難爲，衡泌足徜徉。求賢詔方下，願君輔明皇。柱作中流砥，瀾迴既倒狂。他日報故人，慊然樂未央。

## 其二

滔滔東西海，波蘭生未已。拔劍斫鯨鯢，一快男兒志。君今赴長安，端門快一試。願君萬言書，痛哭陳時事。假君三尺柄，一洗中原耻。經綸竊伊吕，勛名管樂儗。迺今論資格，恐難朝夕恃。九陌静緇塵，部曹亦足喜。或者去春明，銜命守百里。内外任所遭，張弛如我意。譬彼輪囷林，隨厦安所置。會當際風雲，摩空奮健翅。安得掃塵氛，清光來大地。

## 挽項蓮生

宣統紀元初，月寅歲在酉。四海頌天子，我迺哭故友。訂交四十年，肝膈如相剖。我少也貧賤，遭時輒不偶。爲抱厭世義，一意斬塵垢。既復主放任，娱懷耽歌酒。君聞貽我書，一再曰否否。丈夫勵志節，垂世名不朽。窮達惟所命，詩書兀兀守。我時游海上，閑暇一聚首。語長心鄭重，善交自敬久。君登拔萃科，一官捧檄走。愛日忽西沈，征途迴楊柳。涕泣守慈幃，啜粥面深黝。純孝本性天，不讓古賢後。服闋適興學，導師海外有。破浪歷東瀛，精神大抖擻。學制一一研，學科深深扣。歸倡風氣先，學界尊泰斗。明詔設視學，邦人舉以某。檢券方揭曉，相與大拍手。二載裘葛更，勤勞無與耦。徒步走城鄉，寒暑胥躬受。二豎迺欺弄，風陽旋左右。我粗涉岐黄，授以方八九。恰於秋冬間，强持出户牖。誰知獻歲初，倉皇病變陡。譬彼狂風來，夜定鐘忽吼。手麻足不仁，目定旋閉口。既無續命湯，又乏永年酘。相對默無言，青泪濕我袖。有德不當世，報施當無負。元方與季方，文章吐錦綉。長者登賢書，次亦行不苟。酹酒有餘哀，吾歌且長吼。

黄浦濱六曲，河之間有隙地數畝，譜蘅黄子以膏腴田倍數易之，築新厦，登樓眺望，心目豁然，廣庭遍栽花木，饒有林泉之勝，即以蘅村名其居。甲寅冬日，僕造訪之，酌以金罍，歸途作歌以寄意，非賀落成也

西郊拓蘅村，我來恣徜徉。主人引高樓。天風送浪浪。開樽面南浦，遥情乘風翔。珠簾佇輕陰，瑶席納波光。奔濤逐遐邇，浮雲互低昂。衆緑合爲烟，四顧但莽蒼。低頭窺三徑，花木費平章。搜采及岩穴，廣庭紛縱横。簇簇蘭一叢，森森柏兩行。泠泠樊川榭，曲曲浣花塘。臨流更數

典，遠述黃浦黃。蕭條白髮翁，坐對展衷腸。寒蟬翳東林，蟋蟀鳴西堂。微生有常栖，而我獨無鄉。鷦鷯借一枝，故里如他方。安得草堂資，衡宇相對望。朝朝復暮暮，談笑從君旁。

鶴立無凡群，鴻飛無定影。各殊飲啄緣，復判栖息境。振翼不同謀，相知各延頸。鶴舞何翩躚，舊巢古松頂。行止任逍遥，更得栖梅嶺。鴻飛何憔悴，欲鳴先自哽。日日趨稻粱，荻蘆栖未穩。萬物各有時，踪迹不相並。同在青雲鄉，歧途貴自省。鶴兮鶴兮飛自高，鴻兮一生雪泥冷。

## 生日雜憶

余年五十七矣，所志所學百無一成，而遭際困難，飽嘗世味，有爲人所不及知者。葭月十六生日，追維往事，率成俚言二十八首，生平梗概略見於斯。拉雜之誚，知所難免，閲是詩者，或憫其志而憐其遇乎。

慈悲大士送麟兒，遺語分明里黨知。菩薩果靈生有自，未因垂老不逢時。先考年四十二，相傳禱於觀音大士，即於是年冬生余。

六齡就傅葉南陽，童稚難將訓詁詳。今日白頭添恨泪，不知壽世有文章。幼從葉讀六師，少不努力，老大徒傷，悔已晚矣。

嚴君期望着先鞭，海上尋師志學年。一自程門親授教，敢云腹笥自便便。先考赴滬擇師，游同仁里曹易軒先生之門，先後八年。

鏡中孤影慨伶仃，椿蔭凋傷十六齡。欲慰親心終莫慰，浮名祇得一衿青。年十六，先考棄養，即負笈滬上之易年。

秋風棘院選名賢，七度秦淮八月天。天半秋高鵰折翼，青雲從此渺難搴。堂備壹次卷爲文廷式副主試閲，薦卷壹次卷爲龍章房師閲，故有極佳批語，無抑辭，惟薦卷策問第三道，被謄録誤繕處，眉批「明暗參半」四字。

記曾放膽涉波濤，險浪衝開一舸遥。今日追思翻悚惕，暮年豪氣已全消。戊子八月，江中涉險，幸得無恙。

閩粤山河一放觀，怱怱來去太無端。若將去果來因問，祇有鐙前泪暗彈。由滬啟椗，經閩之汕頭，至粤之黄埔，不半月而返。

羈栖滬瀆動經年，潦倒青衫祇自憐。日暮狂歌還縱酒，時從小閣看江天。居滬時，每於醴香閣、螘香閣等處縱酒放歌，藉以遣愁。

謀生計拙且傭書，寂坐揮毫嘆索居。欲學英雄投筆起，請纓無路願終虚。爲同文書局抄書。

投身闤闠覓蠅頭，設肆西關踞上游。誰識書生謀未善，黄金耗盡一年秋。曾於西門外設粮食鋪，不終年資本盡罄。

庖代曾爲异域師，泰西女士泰東兒。聖人有教原無類，一例春風化育施。代馮舍親教讀東西洋人。

篋中剩有治平書，草野何由達帝居。獨恨中樞頑舊輩，未將眼界放環輿。擬有上皇帝書，中法戰役時也。

上相臨淮幕府開，望門欲進嘆無媒。芻言十策今猶在，慚愧頻稱濟變才。李傅相駐節滬江，擬有條陳共十策，不果達，故友項蓮生君評爲濟變才，可愧也。

骨肉摧殘一女兒，撫甥憔悴苦經營。牛衣泪盡先長逝，不待郎君衣錦榮。姊氏生一女以，夫婿遠出鬱鬱以終，迨榮歸，已不及見矣。

中年坎壈失慈雲，甫洗征塵血泪紛。料得九原含隱痛，居廬何處望榆枌。自金陵還，先慈病劇，延至九月二十一日棄養，舊居償債，新居未卜，隱痛實多。

百感蒼茫暗自思，側身天地欲何之？多能粗涉歧黄學，還向蘭交乞作師。故友吕伯英、張少棠諸君，請益良多。

濟人濟已兩相宜，仁術仁心好自爲。多少生靈來托命，寸衷念念在瘖痍。來就醫者，從未輕率從事，守西昌喻氏先議病，後用藥之旨。

襆被曾經別梓桑，風塵贏得鬢邊霜。活人功許侔良相，奚必男兒志四方。自滬也是園懸壺歸，不遠游矣。

抽暇茶樓共聚歡，不分少長儘盤桓。風流雲散今何在？玩月樓空月更寒。茶樓聚話，如夏秋恬、李祉聯諸先輩，均作古人，樓亦閉歇。

鄉里關懷忝在公，廿年無役不相從。消磨精氣勞文牘，蠟燭高燒夜夜紅。始局董，終議長，其間勸學、禁烟各役，幾二十年，書牘皆親自撰稿。

氣節嚴持老未更，非公偃室不留名。玉壺照得冰心在，静聽鄉邦月旦評。忝董地方，從未干以私事。

辛苦公私自笑忙，年來謝病習清凉。地方須仗青年治，擺脱樊籠夙願償。副經董一職，雖屢辭未獲，然始終未承認也。

一枝聊借未安舒，築得横溪五畝居。舍外數弓清曠地，蒔花種竹儘寬餘。新居尚清曠，隙地頗多。

寒素人誇富麗多，紅紅紫紫滿園羅。不知泉下高堂意，五夜魂歸果若何。搜羅花木頗衆，澆灌培植，須恃人功，先慈居屋所最注意者，故及之。

向平願了思游嶽，生事羈身旅遠難。憶自南朝題咏後，青山慣向畫中看。曾效何子貞《金陵雜咏》，爲《南朝題咏》後，未出遠游。

同庚同月幾相知，此日相看鬢亦絲。我與較量差自勝，兒孫繞膝婦齊眉。同庚中，有不如我者，固勝一籌。

堂堂白日去如馳，閲遍滄桑祇益悲。五十七年猶昨日，且提舊事寫新詩。自爲兒時，迄今日一刹那間，不自知其老已至也。

小園花放幾株梅，却爲生辰對酒杯。醉罷高吟聊慰藉，待看春色十分來。生日距立春一月。

## 顧　淇

字菉泉。清庠生。居荷巷橋東鎮。

### 王師如時雨

一怒安天下，雲霓慰望時。濟人如夏雨，克敵仗王師。霹靂催車急，龍蛇列陣奇。雄風驅草木，戰壘擁旌旗。牧野膚功奏，商郊羽檄馳。聖朝且仁武，恩澤萬方施。

## 李祖佑

字蕉軒，晚號適叟。清附貢生。歷任閔行鄉鄉董，上海縣勸學所協董。創設務敏學堂，建築農校校舍及鄉公所辦公室，開浚横瀝、淡水、汲水等河。凡所興舉，事必躬親，不辭勞不糜款，視公事如家事，鈎稽出納，每至漏夜。其公正廉潔，可爲繼起者矜式。好讀《史》《漢書》，年至七秩外，猶手不釋卷。纂修《李氏宗譜》，深合家乘體例。居閔行鎮新西街養素堂。

### 夏逸飄姻伯八秩雙慶

人生難備壽與福，三多幾見封人祝。蒼顔白髪享大年，老人星耀浦南北。吾翁自少志凌雲，朝披史漢夕典墳。開達理幹見頭角，矯矯軼類還超群。鎖院秋風遭顛躓，李廣數奇違夙志。悠悠耕釣心未灰，梓桑利害籌胸次。張堪水道策浚治，萬頃灌溉田疇易。騎驢灞岸阻江濤，長虹飲澗行人利。四鄉有口方頌德，外梟内獍潛搆逆。驀然遍地生棘荆，暮雲黯淡日無色。村墟晝夜不成眠，縱横彌亘實相逼。片言桀黠儘法懲，一朝静謐奸氛熄。閭里安堵受翁賜，排難解紛猶細事。蓄之厚者流自長，桂榮蘭茁庥祥萃。孟光鴻案更齊眉，白頭偕老相倡隨。抱和全默養性術，睢陽一老高風追。兕觥載獻開瓊院，一紙傳來招我讌。我時未獲共趨陪，漫云一浦風帆便。心香一瓣祝春秋，賦詩先遣駟吏郵。仁者有壽當期頤，他日躋堂來獻鳩。

**張光烈** 字斐君。清處士。究心詩文，不問外事。居荷巷橋。

一色杏花紅十里

十里長安路，歸來樂未窮。千林花似錦，一色杏飛紅。旭日枝頭染，春光一角融。鮮妍無樹雜，遠近有霞烘。賣向旗亭遍，沽將酒旆濛。此行真得意，去馬快如風。

## 四月清和雨乍晴

良月剛逢四，清和氣自明。既看連日雨，忽見一天晴。曠野青烟起，平原碧草生。蓑衣輕欲脱，屐齒好經行。雲影當窗散，山光向幙清。此時佳景在，吟賞倍多情。

**潘紹曾** 字穎生。清庠生。所居在横瀝西濱，即董香光讀書處，庭前枯柏猶存其一。

### 裝綿 集句

月照城頭烏半飛李頎，逐梭齊上玉人機崔珏。寒衣處處催刀尺杜甫，嘆息人間萬事非杜甫。

溪水隨君向北流王昌齡，閨中少婦不知愁王昌齡。敢將十指誇針巧秦韜玉，樹杪風生冷逼秋陸游。

**馬軼群** 字杏生。清增生。善詩文，工書法。敏而好學，讀書數行俱下。居今之彭渡鄉。

## 淡雲微雨養花天

三月天光好，春陰正養花。淡雲低若絮，微雨細如麻。漠漠林中合，濛濛徑外遮。千枝苞吐艷，幾處葉初斜。緑漲疑垂露，紅圍宛似霞。潤將開嫩蕊，濕欲遍繁葩。勞爾金鈴護，憑君羯鼓撾。上林佳景足，錦綉最堪誇。

## 梅試初花在雪前

料得寒梅放，窗前鶴守初。着花休道未，踏雪試探徐。時值三三後，圖成九九餘。山中高士卧，嶺上暗香舒。幾樹雲堆冷，三更影照疏。當檐明月映，隔葉淺霜攄。馥馥香纔透，漫漫雨自餘。一枝斜更好，詩興動何如。

## 包飛鴻

字雪汀。清庠生。渾撲無華，與人言，若訥訥然不能出諸口。居閔行鎮老西街。

### 李衹聯廣文六旬雙慶

謫仙品格本清幽，笠澤名區挹覽周。苜蓿一盤風味好，不知鱸膾已經秋。

筵開六秩唱隨同，遺我琳琅句自工。階下萊衣欣舞彩，齊眉偕老祝梁鴻。

昔日枌鄉政務纏，解紛排難幾忘眠。最難學界開風氣，廣厦才儲盡少年。

萑苻未靖集團兵，桑梓安然卧不驚。守望有時同井睦，歡騰四野慶生成。

三千名士執絲繮，樑棟須憑玉尺量。先生門下極盛。愧我菲才如襪綫，當年恨未入門墻。

奎閣形如獨立亭，登樓學士屐齊停。賴君創造開文運，碑記刊成語亦新。

一身風骨絶纖塵，戰勝文壇歷苦辛。鑄史鎔經推巨擘，何妨世界又翻新。

歐化輸來民智開，先生少子亦奇才。留瀛數載嫻韜略，衣錦榮歸門第恢。

先生十載作經師，憂樂關懷欲救時。挹彼注兹堪造福，梓鄉義舉好扶持。先生以壽儀充賑。

文章經世百千篇，小試童軍屢冠前。先生以縣元入府庠。幸我後先同軌轍，祖生獨着一枝鞭。

**馬恩培** 字柳江，號矍翁，別號柳道人。清庠生。善書法。廣交游，所與多知名士。兼擅卜筮、堪輿之術，繼葉讀六先生之後，爲親友司慶吊典禮，奢儉皆合法度。曾任鄉議事會議，長襄理地方公益，不辭勞怨。世居荷巷橋，晚年卜居閔行鎮之柳橋衖，曰柳村别墅。

寄懷錢君福民

金石盟心已有年，相違兩地各悽然。夜來風雨驚清夢，東望雲歸欲曙天。

## 春申閣晚眺

偷閑惘惘出愁城，漫步登樓百感生。獨倚曲欄無一語，人聲不似鳥聲清。
風捲殘雲暮靄幽，江干遠集往來舟。空林最是無聊甚，鳥未思歸月上鈎。

## 謔蓮寄李君子蓮

鴛鴦同睡已多年，忽作游仙太乙船。知否吴姬無限思，望風相憶復相憐。
六郎究竟似蓮無？粉褪新添幾許鬚。不是房中多結子，折腰終受美人呼。

## 題陳祝三鍊師肖影

羽衣一品半閑身，仙骨珊珊不染塵。獨坐禪關澄萬慮，貍奴蝶使伴修身。
海上追陪記昔年，聽經曾住一壺天。别來恨溷紅塵障，慚愧餐霞洞裏仙。

花天酒地等雲浮，手植幽蘭香自幽。三徑深深人不到，但餘竹影一庭秋。

妙筆傳神奪化工，故人宛在畫圖中。呼童借問先生侶，不是安期定葛洪。

## 雜感

日暮復何之，時艱莫可爲。舉頭天極遠，投足路多歧。騏驥風塵老，荆榛雨露滋。劇憐秋燕子，巢幕不知危。

## 李祉聯如兄雙壽

平生詩酒占清幽，六十韶華轉瞬周。難得孟光同甲子，梅先桃後祝千秋。君誕辰在三月，夫人則在正月。

文心不與俗人同，摛屈熏班組織工。戰捷詞壇冠多士，壯懷萬里振逵鴻。君小試屢列第一。

湔滌塵襟厭俗纏，墨香深處擁書眠。忘年謬許聯知己，風雨談心近卅年。君所居齋額曰墨香處，爲朱晦翁真迹。講學其間，幾及二十年。君長予一紀，謬許通譜，亦已卅載於兹矣。

承平日久不知兵，患起萑苻道里驚。募集團丁嚴守望，熱心共事不居成。前年匪類橫行，騷擾鄰邑，君倡議團練，鄉里賴以無事，皆君力也。

功名不屑戀羈纏，吏治嫌勞自忖量。甘作冷官游笠澤，悠然日見聖於墻。

湖上鱸鄉一小亭，公餘偶向此留停。春風贏向吹噓遍，到處争迎笑語新。

落紙雲烟不染塵，追摹禊帖不辭辛。晚年腕力雖微弱，户户家家翰墨新。

新舊交推風氣開，轉移端賴濟時才。不隨不激誠相感，都道先生器宇恢。

飢民遍野慘師師，正是齊眉祝嘏時。願撤賓筵移一滴，嗷嗷萬口仗扶持。

少子崢嶸膽略雄，精神磨鍊大瀛東。他年馬上籌邊策，儒將風流迥不同。

歇浦年來文運新，堂開務敏假熙春。主持講席模多士，德望崇隆邁等倫。君以社倉熙春堂創設務敏學校。

介壽徵詩數百篇，紗籠珠玉畫堂前。蘭階更羨隨萊舞，聊貢蕪詞願執鞭。

**李顯常** 字鏡海。清庠生。天性率直，不慕榮顯。中年後棄儒習商，如創辦閔南輪船等，得君之力爲多。居閔行鎮新西街養素堂。

裝綿

一窗冷逼聳雙肩，在笥征衣欲襯綿。酒暖金樽空座上，裳縫玉剪促燈前。嚴風吹淡三更月，陰雨頻添百尺泉。寒到君身情自急，閨中紅豆兩心牽。

**凌鏡冰** 號芹舫。清布衣。爲人渾厚精細，曾董理務敏學校校務，頗著成績。原籍青浦，居閔行鎮北大街。

又一村居賞菊

君今載菊賦歸來，因集同人共舉杯。不是此花無俗艷，肯教一一費栽培。堪笑春風勢利場，百般紅紫鬥芬芳。那知人世繁華盡，留得霜葩晚節香。

**潘董衡** 號玉墀。清庠生。性落拓，日惟以酒自遣。居閔行鎮。

又一村居賞菊

柳村居士有花癖，不重他花重菊花。三徑就荒思故里，一舟載艷泛天涯。秋深賞罷人微醉，句好吟成燈着葩。更喜幽齋絕塵俗，離離枝葉影横斜。

**吴鍾英** 字汲深。清優增生。性端謹，不苟言笑。廉潔自矢，董理慈善事業，革除積弊，不遺餘力。宣統紀元被舉孝廉方正。著有《觀樂主人吟草》待梓。居閔行鎮老西街。

又一村居賞菊

花木無言性亦芳，渾如老樹飽經霜。此君傲骨崚嶒甚，不入人間熱鬧場。

行李纔經息一肩，忽蒙知己款瓊筵。座中花與人俱淡，勝似霓裳會衆仙。

## 和李祉聯夫子花甲雙壽詩

申浦江頭炯壽星，祥光璀璨喜雙熒。齊眉偕老梁鴻願，吟骨高騫野鶴形。膏雨萬家心秉赤，師將壽儀充賑。春風四座眼垂青。同門頗多，惟英曾以純謹見稱。貯盤苜蓿多清福，亥算綿延祝百齡。

## 五十述懷

五十韶光一瞬過，年年蜷伏意如何？陶潛寄傲同傷感，衛玉知非共琢磨。京洛舊塵踪迹渺，宣統辛亥，以優增生舉孝廉方正，應保和殿試，方經録取，因武昌事起而回。科場往事夢魂多。四下棘闈，屢荐未售，歲科試迭列一等，夢之云者，非爲名心未已，亦以有清之亡，蛛絲馬迹，廢科舉爲一大原因，常憾之。邇來事變紛紛起，鎮定心懷且任佗。

憶昔遭家不造時，椿庭見背失追隨。五歲喪父，六歲喪嗣祖慈，八歲喪生父。一編古簡資研究，兩代慈闈賴護持。賴生祖慈與嗣母、生慈撫養。差幸芹宫誇捷足，年十七一應童試即獲售。從教萱室解愁眉。館本鎮夏氏九年，彭家渡沈氏七年，以修脯供養。重輝綽楔彰潛德，曾賦柏舟河側詩。祖慈孫氏、嗣母高氏、生慈劉氏，俱旌節孝，恩准入祠。春秋編祭，祖慈又蒙龍學院題額曰「芳徽風邁」。

生來門第舊朱張，爲溯遺徽姓氏香。先世爲唐少微公遺裔，累世簪纓不絶，清初自休寧商山遷此。遍歷滄桑原有數，回看棠棣早成行。胞弟一族，兄弟實繁有徒。劉綱伉儷期偕老，謝傅庭階彙衆芳。去秋得孫，自家慈以下，四代同堂。更喜靈萲堂北樹，平安爲愛日舒長。生慈現年七十有六。

熱心公益是家傳，先祖值道光季年水灾，與諸同志集捐，在北廟設廠施粥，染疫而卒。先父尤知醫，爲親知治病，應手而瘥。殫竭精神急所先。昔爲啓秀橋將圮，西安橋過高，西渡坍下，約集同志集捐重修，尤以街路崎嶇，創議改鋪條石。嗣有人響應，東西街得以一律鋪成。願借慈航回苦海，也留勝果到重泉。近爲普安堂主任，接嬰保赤，日謀擴充，又添建殯舍，籌置義冢。衡文知已疑神鑑，憶昔社課，奉賢陳恂侯廣文評拙作，曾曰：「入後滔滔不竭，宜膺厚福。」遂蒙首列。行善前途藉祖鞭。漫説夕陽無限好，要當努力與周旋。

## 壬戌用心岫詞人韻感事

年來世局愈翻新，苦志矜持自守真。謝却時榮完素願，近承李君英石到來，囑録履歷，云將報省，轉達公府，請給獎額，婉却之。解除公職賦閑身。昔年辭去普安堂主任。弄孫好課之無字，到老祇求清淨因。兩鬢霜添渾不覺，催人歲月感頻頻。

## 癸亥人日步朱粥叟韻感賦

自抱慈萱痛，相依又五年。生慈於戊午九秋病終。黄楊逢閏厄，室人夏氏歿於壬戌九月。白首倩誰憐？鰥况應同耳，先生原唱云：「鰥居已十年。」蝸居益寂然。英自遭國變後，雖不能失耕妻耨，有隱君子風，然居賤食貧，安之若素，内助正不可多得也。撫時增感慨，梅放任他嫣。

## 和金山黄芳墅君四十自壽詩

强仕年華嶽降辰，好憑律句話悲辛。清奇八咏才名擅，卓犖三長政見新。先生曾爲省議會議員。捧檄連看毛義喜，辭官不碍范丹貧。兩權法篆，嗣以病辭浙審長、招襄司法。未經謀面心先往，整備詩筒付錦鱗。

一般舊吏不知愁，聯袂相將富貴求。挈伴欲冲霄漢去，此君豈爲稻粱謀。書齋容膝支危坐，朋輩談心話倦游。我亦曾爲京洛客，數來倏已幾經秋。

答朱遯庸君

大名雷灌耳，傾慕係年年。叨附忘尊契，遥知見我憐。文心殊蔚若，道貌總端然。蘭桂森森植，階前熊自嫣。

**劉世杰** 字汝嘉，號默存。清優廩生。有文名。長上海市養正學校多年，造就甚衆。著有《默存詩稿》，待梓。居閔行鎮老西街。

又一村居賞菊

選得名園種，歸來載一船。品原誇隱逸，色更愛鮮妍。賞識凡葩外，安排綺座前。乘閑頻一過，共醉菊花天。

高齋供養菊，偏爾謝塵囂。本不争華艷，還堪破寂寥。分籤當午遍，折柬有丁邀。主自多情甚，鯫生荷寵招。

又七絶和韻

一函迢遞報君知，近日新成囑和詞。記否去年今夜月，賓朋團聚生花時。

年年籬落吐芳姿，把酒持螯正及時。生怕滬江歸棹晚，傲霜只剩兩三枝。

人淡偏宜與菊如，計時又是小春初。故鄉舊友愁離别，可有新詩慰索居？

花黄人瘦怯西風，携酒邀朋醉菊叢。飲罷簪花歸去也，風流還讓白頭翁。指讀六先生。

步黄雲深原韻

閲歷韶光近卅年，一經回首一茫然。樽前瘦領梅花月，簾外春消杏雨天。得守琴書窮亦樂，每逢詩酒喜尤顛。扶笻獨立斜陽下，鬢影横空醉帽偏。

是真名士自風流，觀海登山幾度周。猶記題詩探雁宕，每因沽酒解鷫裘。杏花春雨懷虞集，桂子秋風訪莫愁。人事窮通何足問，不如散髮且忘憂。

## 再步原韻

同學翩翩盡少年，蹉跎如我問胡然。釣鰲慣向三江水，放鶴昂看萬里天。酒癖深時揮劍舞，筆花開處作書顛。乾坤横覽真空闊，心遠何須卜地偏。

看到江波向下流，差欣閲歷半生周。信將水月爲明鏡，好拾山雲補破裘。有志如君終得志，多愁似我却無愁。杏花春酒知應熟，何日重逢一解憂。

## 又和原韻

李白桃紅柳緑時，翩翩蜂蝶戀芳姿。阿儂看到繁華處，笑倚闌干有所思。

## 裝綿

客路迢迢隔幾千，西風瑟縮逼霜天。劇憐驛舍寒侵骨，難得鵝絨暖擁肩。慈母手中添弱綫，老妻燈下襯重綿。撫懷最是傷心處，妾守深閨君戍邊。

## 陳昌鳳

字采苞。清庠生。生性謹飭。歷任小學校長及縣視學員等職。居閔行鎮韭菜街東。

### 裝綿

西風蕭索怯衣單，欲負晴暄却又難。綿倩山妻燈下襯，綫勞慈母手中摶。輕裘著體還生暖，敝絮披肩豈禦寒。可喜深閨刀尺動，鵝絨披得自盤桓。

## 黄公錫

字吕笙。清庠生。工楷書，逼真《樂毅論》。愛植花卉，籬邊庭角，幾無隙地。尤善藝蘭蕙，手植達百盆，花時折取二三枝，盛以竹筒，貽贈親友。又於雲路橋起，北至所居，迤邐約一里，兩岸遍插芙蓉，秋日作花，爛若雲錦。生平以惜物爲志，凡竹根木節、殘箋敗絮，均不肯棄置，曰：「天下無棄材，我將有以利用之也。」其儉德實堪風世焉。居竹岡西文蔚堂。

### 題顧府君宅

半壁殘陽屋幾楹，野王曾此敞閈閎。焚香默坐琴音細，玩易無言鶴夢清。字迹摩挲碑兀兀，墨池環抱水盈盈。至今月落黄昏候，仿佛猶聞誦讀聲。

## 萬柳堤

縱目荒郊緑未齊，依依送客到楊堤。瘦腰婀娜臨風弱，細眼低徊積霧迷。不見新鶯梢上度，但聞征馬影中嘶。萬千翠柳江濱舞，空惹行人洒泪凄。

## 五老峰

古迹由來不偶逢，栖賢寺北見奇峰。崚峋面目驚何老，羅列兒孫笑幾重。乍見直疑生嶽相，細觀又誤降庭容。形神如許龍鍾甚，頌晉南山未過恭。

## 千山春眺

春日登高紀勝游，千山頂上儼瀛洲。八峰嵐影歸圖畫，三泖波光射斗牛。鶴唳華亭欣入耳，龍眠澱水快迎眸。當年鑄劍曾居此，千載猶教古迹留。

泖湖春泛

扁舟一棹柳湖中，春水溶溶接太空。一碧波光吞遠岫，幾重帆影挂長風。含情東去桃花水，得意西來蒲葉篷。九點芙蓉都倒植，漁歌向晚聽無窮。

**胡宗瑗** 字希翼，又字德儕。清庠生。小楷逼真黄自元。居閔行鎮大街。

裝　綿

料峭西風逼草廬，鄉村處處費躊躇。勸君莫作無衣嘆，且把輕綿襯舊裾。

## 李顯謨

字英石。清附貢生。日本陸軍士官學校畢業。廷試賞給舉人。歷充軍事書籍編輯長，陸軍第九鎮馬標統帶官。光復後補授陸軍少將，給予二等大綬嘉禾章、二等文虎章、二等寶光嘉禾章。歷任滬防水陸全軍統領，陸軍第三混成旅旅長，江蘇水上警察廳廳長，江蘇警備隊總司令，滬閔南柘長途汽車公司總經理，淞滬保衛團辦事處正主任兼領第一團團長。喜豪飲，因此得疾。未竟厥施，遂養疴李園。園濱六曲河之濱，亭池掩映，花木扶疏，爲君所手闢者。舊居新西街養素堂。

### 元宵節偕楊分統等乘先鋒小輪往南潯會哨，行經太湖，口占二絶

天高月皎正元宵，指望南潯路不遥。夜坐船頭湖色好，先鋒檣上一旗招。戎行跋涉敢辭勞，擊鼓揚旗志氣豪。自古行軍深夜黑，况當霜月壓征袍。

**李宗鄴** 字頌唐。清庠生。日本弘文學院師範及高等數理化班畢業。歷任務敏學校、中等工業農業縣立敬業中學、務本女學等校教員。上海縣勸學員、視學員，縣公署科長，勸學所所長，教育局局長，寶山、松江等縣政府秘書。生平對於教育事業，頗多建樹。居閔行鎮柳橋衖。

## 夏逸飄姻太伯八旬雙慶

南極一星躔，光輝照滙川。幾人能壽考，此老是神仙。小謫長庚李，前身太乙蓮。鄉居爲善樂，典重杖朝年。化俗懷王烈，消争仗魯連。梟踪除伏莽，犀照燭深淵。桑濮淫風革，松筠苦節全。有狐潛月去，無雉作媒牽。得所窮嫠慰，推恩幼稚憐。浚渠堪引水，架石儘施鞭。利濟關懷抱，謳歌起陌阡。驅妖祠永毁，懲博禁長懸。帝錫頭銜寵，官資臂助便。仁人原有術，古佛詎無緣。不羡丹爐火，何須玉液泉。口碑聲載道，心地福爲田。哲嗣芹香擷，先生蔗境延。彩衣看繞膝，白髮笑盈顛。君子真偕老，文孫亦象賢。高風芝采采，世澤瓞綿綿。魯頌三朋協，箕疇五福駢。緑陰圍綉幄，紅燭照華筵。却饋辭瓊玖，徵歌謝管弦。清操今伯起，上壽古彭籛。憶昔瞻韓後，逢人説項偏。靈椿原不老，小草倍增妍。洛下耆英畫，磻溪釣叟船。丰神山岳峙，骨肉月輪圓。祝嘏長嬴庙，躋堂禮數捐。巴詞歌一曲，聊擬九如篇。

## 劉　濤

字蒼江。清庠生。兼擅岐黄術。居閔行佛閣衖。

### 裝　綿

客途久已歷風霜，難得寒衣索孟光。冷暖年來知也未，莫教歲暮慨凄凉。

西風瑟縮逼雙肩，游子天涯欲襯綿。驚嘆一寒今至此，可曾衣已到君邊？

# 跋

季父蘊深手輯《閔行詩存》四卷，命弟譜蘅爲之校。既成書，命余跋其後。適以參與修輯民國邑志，卒卒未得閑。是年九月，季父將于役南京，復力促，余因受而讀之。竊維「閔行」之名，始見於《明史・張經傳》，當時誤「行」爲「港」，事見《嘉慶上海縣志》。明張鼐《吴淞甲乙倭變志》載：嘉靖三十五年丙辰五月初一日，倭船五十餘艘自吴淞入上海。十九日五更，乘潮南下，直抵閔行。是「閔行」之名，已見嘉靖年紀載。《上海縣續志》乃稱：「閔其，山東人，嘉靖間游學來滬，卜居黄浦之濱，殁後葬此，閔行鎮以此命名。」蓋又傳文之誤矣。其區域實合語兒涇、沙岡、竹岡、横瀝、鶯竇諸河，而沙岡、竹岡、横瀝又縱貫黄浦，南達昔之南匯，即今之奉賢縣境。浦南沿岸，東自金匯塘口，西至千步涇口，於民國二十三年改屬奉賢縣管轄。因地爲域，固不若因人因事之深切著明也。抑聞之秦硯畦先生，言縣之有鄉，始自清同治十年。以前之長人、高昌等鄉名不在此例。劉郇膏大令宰吾邑時，因李秀成陷松、太，窺上海，郇膏練民兵堵禦，四鄉設局二十，事載同治《上海縣志》。我叔祖允升公率衆扼守紫藤棚橋，擊斃賊首，賊遂奔潰，沙岡迤東一帶，得免兵禍。因鄉設局，即在是時，以前固無所謂鄉，其區域且混合錯綜，同屬縣治而已。鄉之區域既隘，而能詩者又不多見，摎輯之難，益可知矣。是編爲卷四，采集至八十六家，得詩七百九十餘首，可謂偉矣。譜蘅告余曰：「《詩存》之詩，均係鄉士大夫舊稿，其易得者，固俯拾即是；其難者，或假之鄰邑圖書館，館章僅許就閲，不許携書外出，至倩人日赴館傳鈔。逾月鈔竟全集，而後選存其一二。」蓋成書之難，古今有同感已。後之讀是詩者，視爲一鄉之風謡也，可；視爲一鄉之文獻也，亦無不可。民國二十四年九月，黄藝錫跋。

# 上海李右之著詩文稿百篇

李右之　著

# 上海李右之著詩文稿百篇目録

上海李右之著（名味青，原名維清）

## 右之文稿（二十篇）

## 右之詩稿（八十首）

# 上海縣議會議決重修《上海縣續志》案（元年十一月）時予爲副議長，公推擬撰議案。

查梓鄉掌故，貴及早而保存；枌社遺聞，宜隨時而蒐集。承先乃能啓後，繼往即爲開來。況當關津之所交通，財賦之所匯集；舟車商賈之所輻輳，殊方异域之所駢臻；握金融之樞紐，爲全國所觀瞻者。若不及時采訪，設法調查，恐父老傳聞，行將散佚；鄉邦紀載，日漸沈淪。非所以薈萃文獻之藪，昭示得失之林也。

《上海縣志》成於前清同治十年，迄今垂四十年。時局之變，波譎雲詭；大勢所趨，風馳電閃。以言乎士，則科舉廢、學校興矣；以言乎農，則洋紗旺、土布滯矣；以言乎工，則奇技出、窳器除矣；以言乎商，則外貨集、商戰危矣。以及疆域户口、風教民情，其間不無改革，多所變更。此縣志之宜增修者一也。且《同治縣志》版藏尊經閣，光復後毁没無存。棗梨既佚，魯亥堪虞，蒐討典文，當今急務。此縣志之宜增修者二也。惟兹事體大，必須采訪調查，方可著筆。兹從同治十年以後、民國成立以前，爲之繼續修纂，體例悉仍其舊，以結束前清時代之縣志，庶故老猶可及時訪問，邑乘不至歷久湮沉也。至民國元年以後，政令既已變更，體例亦宜改易，且以俟他年之重行編纂云爾。（下略）

## 上海縣修志局報告縣公署籌備修志事宜

（二年十月）時上海縣知事吴馨聘予爲修志局主任。

逕啓者：九月十九日，接奉貴公署第九十六號照會，蒙委籌備修志事宜，無任慚惶。某某當以學識譾陋，囿於見聞，昧於掌故，不足以膺斯職。曾請另舉衆望素孚、闔邑信仰者，接充斯任。敬謝未遑，固辭不獲，力綿任重，綆短汲深。竊思志乘爲一邑之光，法制無數傳不變。滄桑屢慨，撫隍池城郭而已非；國粹寖湮，悵美雨歐風之相逼。誠宜保存掌故，搜采遺聞，又況民國肇新，共和締造，勝朝典故，恐年湮代遠而漸就湮淪，實録昭垂，必考獻徵文而始無舛謬。舉凡疆域之沿革、户口之增多、正賦雜税之盈虚、水利農田之興廢，以及儒林耆舊、藝苑詞林，或家庭敦孝友之風，或閨閣勵堅貞之操，凡此見聞之所及，要皆政教之攸關，允宜蔚輯巨觀，裒成邑乘。用是勉承諄囑，聊效微勞。

兹特擬成采訪調查簡章十五條，附上十份呈鑒，先行照章試辦。倘或細流土壤，得備芻蕘葑菲之資，行見典册高文，足增桑梓枌榆之色。惟兹事體大，采訪一事，必須由各市鄉合力進行，方有效果。猶恐事權不一，或多障礙之虞；綱要不提，難免紛歧之患。兹擬於各市鄉公所内，設立籌備修志分處，並推市總董或鄉董，充本市鄉采訪主任員。敬請貴知事通令各市鄉公所，並分别給發委任狀，以昭鄭重。庶幾衆擎易舉，收指臂相助之功；集腋成裘，獲纖悉無遺之益。（下略）

附簡章十五條，見《上海縣續志》。

# 爲民國上海縣志期早成書擬請添聘纂閱員審定成稿剋期付印俾免散佚函上海縣長潘忠甲文

（民國二十一年）時予任第二次上海縣修志局主任。

（上略）查民國《上海縣志》，於民國十四年開始編纂，聘姚文枬先生爲主纂，規定限斷自元年至十二年爲止。開局以後，成稿都若干卷，惟其中除「疆域略」「水道略」「田賦略」「政治志」「交通志」外，均係成而未定之稿。至十六年以後，經費無着，兼之姚主纂年高力衰，未能將成稿逐一審定，數年荏苒，未克進行。至二十年七月間，主任以長此遷延，觀成無日，其時姚主纂精力更不如前，當經函請貴政府聘請秦錫田先生爲總閱，並聘分纂五人在案。嗣後開會討論，公决延長限斷四年有半，至十七年六月底市縣劃分爲止，以期此書之完備。於是聘請各市政委員及縣屬八鄉區長爲本局采訪專員，計共十七人，並由各專員延請分采訪員，分門采訪。乃數月以後，來稿寥寥。重以「一·二八」之變，采訪完全停頓。經貴政府及本局迭次函詢各專員，均屬任催罔應。揆厥原因，雖云受時局影響，其中亦有數端：主任於民國初年修《上海縣續志》時，采訪一年，蒐集訪稿至三百餘萬言，其時各市鄉耆碩尚多，無不加以重視，今則老成凋謝，新人物幾不知修志爲何事，一也。以前修志時，縣署統轄全邑，政令畫一，故易推行，今則市縣分權，市政委員祇知奉行市府之法令，而罔顧其他，二也。主任修《續志》時，常駐局中，與各采訪員志同道合，隨時接洽，今則教務繁重，聲氣隔閡，三也。兩年來采訪停頓，胥由於是。

總之修志一事，群策群力，一鼓作氣，可以成功，否則無論十年難成，即二三十年。亦不能蕆事，《江蘇通志》即其明證。況今世事蹟變，夜長夢多，《嘉定縣志》以滬變波及而致散失，此爲縣長所洞悉者。若《吴縣志》，若《南匯志》，若《川沙志》，經張一麐、秦錫田、黄炎培諸先生之努力，或已出版，或已定稿，皆先本邑而成。故爲本邑志書計，惟有本因時制宜、抱殘守闕之旨，即將十二年來成而未定之稿，先行審定，期早觀成。至刊版問題，如以木刻經費不敷，不妨付之排印，發行預約券，以定印刷部數。急就成章，寧爲宋文憲之《元史》；事變莫測，無爲孔安國之《尚書》。區區之愚，夙夜滋懼。若十二年後有相當來稿，不妨另行刊録，别爲一編。此主任對於促成邑志之意見也。特是有治法必先有治人，秦總閲耆年碩望，自應集其大成。前聘分纂五人，除錢分纂逝世外，其他四人均身膺職務，未能專心編纂。兹主任商承秦總閲之意旨，擬添聘纂閲員二人，將十二年成而未定之稿加以整理閲看，商承總閲審查，作爲定本。查有黄君藴深，曾任吴縣縣長，現任縣款産處主任；黄君藝錫，曾任農商部司長，均屬留心掌故，學識優長，對於前志頗多撰著。且兩君係叔姪，從前宦游故都，故未參與纂修之列，今既廣受同歸，梓鄉義務，當仁不讓。主任當將各稿送閲整理，再由秦總閲鑒定，必能剋期集事，以竟前功。爲特陳述緣由，懇祈鑒核，發給聘書，以利進行而免散佚，實爲公便。（下略）

# 江蘇縣議會聯合會成立宣言（民國十二年）時予任該會委員長（擬稿）。

凡事中斷而續之，難於攀崖；合群以赴之，易於運掌，此理有固然者。民國元年，江蘇省議會議決縣制市鄉制，爲本省各級地方自治之單行法。此時六十縣中，成立縣議會者計四十九縣。市鄉議會、董會，亦隨之成立，自治萌芽於兹茁長。詎三年三月袁世凱謀帝制，解散國會、省議會，取消各級地方自治機關。處此淫威，民意晦塞。洎六年天亡袁氏，國會、省議會相繼恢復，由費玄韞、莫錫綸、方家珍及味青等呼籲，同時恢復地方自治。赴京請願，乃衆議院以蘇省單行法却之；赴省請願，乃省議會延擱不議。迨第二届省議會成立，繼續請願，仍復遷延。荏苒四年，咸懷絶望。

及十年第三届省議會成立，味青以各籍省議員，與各籍縣議員類多相稔，請求主持正義，必能援助，乃分函四十九縣縣議員同志，在上海北市小花園開會，定名曰「江蘇縣議員聯合會」。推味青、傳德、家珍、維珏、昭晉負責進行。函電紛馳，凡數十通；輪軌往返，計十一次。卒於本年六月十二日，經省議會議決，恢復本省各級自治機關，並於同月十九日，由省公署公布施行。於是多年之消沈自治，重見蓬勃氣象。凡四十九縣之縣議員，及市鄉之議會、董會，悉復舊觀。乃分函各縣，推派代表一二人來滬，於八月二十日、二十一日，在上海南市也是園開大會二日。到者凡四十一縣,代表凡七十五人,定名曰「江蘇縣議會聯合會」。選舉委員(每屬一人)十一人,當經票選(每縣一權)李味青爲委員長,陳傳德、方家珍、俞維珏、孔昭晉、蕭紹庭、左漢起、荆少磐、粱鴻卓、狄健人、劉漢欽爲委員,並討論會章,推味青撰擬宣言,以告邦人君子。此請願恢復自治之經過情形也。總之此事之成,在不畏其難,在守之以恒,而尤在群策群力,衆志成城。今後目標,仍本三點,爲人民之喉舌,籲人民之疾苦,於監督縣政之外,並作省議會之後盾。以盡自治責任,以答人民委托,不折不撓,無荒無怠,願與全省縣議會諸同志共勉之。謹此宣言。(銜略)

# 吴淞江水利協會呈江蘇建設廳文（民國十八年）（爲費絀停頓，請求接收，並設法撥還墊款由。）時予任該會副會長（擬稿）。

呈爲疏浚吴淞江東段告竣後，費絀停頓，墊款無着，請求派員接收，繼續疏浚，並設法撥還墊款，以竟全功而免賠累事。竊案本會係由上海、寶山、嘉定、青浦、太倉、崐山、吴縣、吴江八縣縣議會、農會、商會，以及上海商業團體，集合組織，於民國十三年一月間，呈明前江蘇省長公署批准立案。就八縣農田項下，分年帶徵三十萬元，並由上海商業團體分年認捐三十萬元，接浚省設吴淞江水利工程局未及浚治各段，冀以杜絶浚浦局代浚之議，俾沿江流域，不致再爲黄浦之續。其辦法，則先浚新閘橋以東至出浦一段，俟該段告竣，再就上游淤淺處所，逐段挖浚。所有情形，均經本會及江南水利局，歷向前江蘇省長公署分别呈明，有案可稽。詎籌款辦法甫經議定，而隨忙帶徵一項，吴江、太倉、吴縣三縣議會旋又翻議，均未實行啓徵。其餘帶徵之五縣，除上海外，亦多因公挪用，未能儘徵儘解。統計隨忙帶徵一項，只收四萬七千零九十七元九角。上海商捐，因之遂多觀望。統計商捐一項，亦僅實收七萬八千四百七十一元一角二分五厘，不特上下游全部工程無從舉辦，即新閘橋東至出浦一段，亦虞不敷支配。爲杜絶外人越俎計，不得不籌墊經費，就新閘橋以東一段，先行辦理。計自民國十三年八月興工，至十五年五月，工事始行告竣。該段工竣以後，因垃圾船在沿江經過，每將垃圾任意傾棄，易致淤塞，又不得不墊款購置巡船。商准前淞滬警察廳，雇用水巡，常川乘船巡視。統計年來所墊開浚之費、管理之費，截至去年六月底止，已有八萬七千七百五十四元一角九分之鉅。而認定欠繳之款，仍復任催罔應，絲毫無着。遂致所墊管理費用，以及借款利息，日積日鉅。體察情形，無异以蚊負山，萬非綿力能勝。曾於去年十二月間將上述各情，瀝陳江蘇省政府察核，迄今未奉批復。伏查吴淞江上承太湖之水，下流合黄浦而入於海，經流綿遠，關係八縣農田水利灌溉，及商業運輸交通。自應上下游全部疏浚，以竟全功而重要政。現在本會既因款絀，無力續辦，應請鈞廳即予派員接收，繼續辦理。至本會前次集議籌款，興辦此事，一方爲杜絶浚浦局越俎代謀，維護主權，一方並爲協助官廳整頓水利起見。年來籌墊之款，既如是之鉅，而農田帶征，及商界捐認欠繳各款，又任催罔應，債務逼迫，年復一年，主其事者，日處愁城之中，不但窮於應付，亦力所不勝負擔。務請鈞廳顧念此事因公賠墊，准予設法指撥公款，歸還此項墊款，庶本會得稍紓喘息，藉資結束一切。所有請派員接收疏浚吴淞江水利事務，並撥還墊款緣由，理合具呈呈請。伏乞俯賜鑒核批示施行，不勝待命之至。

# 南匯張君雛聲傳

甚矣直道之不容於世也，郭解關東大俠，而不獲令終；杜季梁京兆好義之士，而郡將下車輒切齒。回顧阿諛取容巧言令色之徒，趨炎避涼，梯榮慕勢，往往取高位、食厚禄，無灾無害，終其天年。有心人誰不爲之扼腕，此史遷所以有顏淵早世、展跖壽終之慨也。張君雛聲諱仁庠，南匯邑庠生，世居邑之六竈鎮。考鳳山先生，諱鑫。欽旌孝子，勇於爲善，於周恤族人，瘞埋枯骨，尤爲致力焉。君熱心公益慈善事業，有乃父風。惟秉性剛直不阿，實招宵小嫉忌之媒介。生平言必果，行必信，排難解紛，片言立決。時值清季，得風氣之先，於本鄉創持正小學，嗣長南邑魯匯觀濤小學，樂育英才。旋爲地方推重，出任艱鉅，黽勉從公，並爲地方興利除弊，不避嫌怨，而毅然爲之。設漁業公司，而爲漁人所恨。置鹽場地墾荒，而爲曬鹽板户所怨。後追隨南邑普濟蕩諸董，賣蕩保田，由堂收租，以增堂産，更攖頂佃佃户之忌，藉端聚衆，拆毁倉房。君傷其耳，幸友人營救得免。然君本其剛直之氣，不屈不撓，未遑後顧。爲本鄉區董，一鄉安謐，盜賊斂迹。維時厲行烟禁，君爲南邑禁烟局總董，風行雷厲，執法如山。雖能爲地方掃除毒氛，而黑籍中人，恨之刺骨，亦爲君招禍之一端。既而籌備地方自治，爲籌備員。嗣後舉爲鄉議員及縣議員、縣參事員，足徵衆望所孚。其時爲普濟蕩及積穀倉董事，均能弊絶風清。且辦理平糶以利民食，地方利賴，實匪淺尟。古所謂鄉先生没而可祭於社者，亦不過如是而已。何圖禍變之來，遽出人意表。當辛亥光復之初，南志邑士響應，君爲衆所推戴，留城策畫。衆請賴縣令交代已收之地賦捐税，歸公保管，不令走出。詎有匪徒糾集外蕩人，將賴令劫去。城中混亂，君乃潛出北門，雇漁舟返里。豈知舟中即爲匪徒所伏，灌水被戕，厥狀甚慘。越數日，事定始殮，年四十有四。嗚呼！悲哉。君以一生剛直，乃不幸爲匪所算，非所謂直道之難容乎。然人生誰不有死，泰山鴻毛，惟在人之自擇。君雖被戕而死，然死爲革命，功在民國，與武昌起義諸先烈同垂不朽。芬留邑乘，足供輶軒采擇。然則謂君之死，爲國捐軀，乃人生之幸事，亦何不可歟。配王氏，後君二十年而卒。子國柄，邑庠生，兼祧長房子耕君，賦性醇厚，好學不倦，以瘵疾先君而卒，善人之後，竟不永年，天道果安在哉。女四，長字胡，次歸凌，叔、季皆歸朱。嗣孫永清。君没後，葬於本鄉先塋之側。予因之有感矣。猶憶前清丁酉戊戌間，先府君設帳張氏教國柄，予隨侍庭訓，得領鳳山先生之教。古道照人，藹然儒者。君長予十餘年，承爲忘年交，青睞有加，直言讜論。爲之心折。精悍之色，現于眉宇，課餘晤談，於國家社會，恒感喟不置。君於傷耳之後，先府君每乘間規勸，以爲三代下未可悉本直道而行，蓋已洞見其微矣。及聞凶耗，爲之悲悼者累日。翌年，予痛抱蓼莪，忽忽迄今卅載。近其戚傅君佐衡携君事略，謂予與君有世誼，不可不爲不傳，予勉應之。回首前塵，歷歷如昨，撫今思昔，如隔滄桑。第念予居君家時，授餐適館，距今已四十五年。豈知四十五年之後，垂垂老矣，幸得傅君紀述，乃爲之作傳，不可爲非余之厚幸也。夫君行直道以殉，有令子而夭，誰不以爲天道無知。所差幸者，嗣孫永清有聲於時，且興學修譜，睦族卹姻，克守張氏家法。使非曾若祖之垂裕後昆，曷克臻此。然後知善人有後，天道固不在於一時見之。至君以直道而遭不測，搢紳先生，疇不爲之太息。然後知人心尚在，輿論亦不在於一時定之。況君之不測，適足以成君之令名，身雖死，而精神固未嘗死乎。

# 朱生蓉鏡傳

朱生諱榮錦，蓉鏡其字也。世居滬城。考紫君公，諱之翰，敦品勵學，勤儉起家，構新居於城東曲尺灣。年届服官，納粟爲翰林院待詔，旋游幕汴洛間。宣統季年，壯游日本，考察政教，頗多吟草。回國時，適値鼎革，於是息影鄉閭，追踪商皓者二十年。晚研堪輿學，刊行蔣大鴻《地理合璧》一書。民國二十一年八月歿。孰知父喪僅及大祥，而生復遽棄塵世耶。生生而岐嶷，秉承庭訓，淵源有自。紫君公創辦養正學校，生肄業於是。年十七，問字於予，爲文疏宕有奇氣。明年入廣方言館，時予膺講席，相處益歡。又明年，入松江中學。弱冠奉父命東渡留學，旋考取長崎醫學專門學校。補蘇省官費生，畢業得醫學士，時年二十有九。今年鐫一章，曰「瀛海歸來二十年」，蓋紀實也。

回國後，膺蘇州醫學專門學校之聘，就教務長職。該校人才輩出，桃李遍東南各省，頗多蜚聲於時。生以父命服務桑梓，乃離蘇返滬。初設診所於白克路，嗣以世居南市，遷至王信義浜，以便親友，求診者踵相接。其間如創辦衛生試驗所，規畫上海醫院，設立引翔醫院等，此乃功在地方之卓卓者。至其業醫，無非本濟世之心，遇貧病者免其醫藥費，無時下惡習靳靳於診金多寡。故一朝溘逝，無論識與不識，多悼惜之。性豪邁瀟灑，生平篤於友誼，周急通財，絶無吝色。友人物故，或提挈其遺孤，或周卹其家屬，知君者類能道之。診餘之暇，喜蒐藏書畫。興之所至，繪花卉自遣，親友求者，無不立應。尤喜吟咏，吐屬超雋，得李義山神髓。其遺稿曰《聽鵑樓吟稿》，已梓。嗜飲不亂，拇戰清淡，從無灌夫駡座之態，以故人多樂就，社酒開樽，恒有生之踪迹。與諸契友設壺社於豫園，窗明几净，觴咏其間，顧而樂之。前年父歿，生哀毁逾恒。喪葬盡禮，無末俗苟簡風，生體頎碩。憶初從予游時，面團圞如月。十年來尤見魁梧，意爲壽徵。詎料突患中風，遽至不起。父喪未除，追隨泉下，天胡降此鞠凶耶！卒於民國二十三年八月十八日，年四十有九。子一郁才，女一光華，均幼讀。向平之願未了，予知生有遺憾焉。

贊曰：生與予游三十餘載，故能稔其一生梗概。可以數言蔽之曰：事親盡孝，處事竭誠。於朋友死生之際，能盡力維護。至其詩文藝術，猶爲餘事。天未厭禍，殲此良人，凡具人心世道之憂者，當與予一掬同情之泪也。

# 衛君芝山傳

君諱文熙，字芝山，衛姓。其先世隸河南汲縣籍，有諱泉永者，始遷吴，居浦左龍王廟衛巷。祖諱德銓，字春園，遷縣治。父諱鍾慎，字鶴松。君年六歲。而鶴松公歿，母金太夫人殉焉，奉旌節烈，采入邑乘。鶴松公生三子，伯文樞，叔文瀾，君其仲也。既蚤失怙恃，煢煢孑立，賴伯父嗣於舅氏張姓者雪堂公撫育之，至於成立，故終雪堂公之身，君事之如父。且能繼其志，述其事，析薪負荷，不負雪堂公之教養焉。幼習繪事，以爲是乃雕蟲技，不屑爲。弱冠投考上海公共租界工部局工務處，學習測繪工程，學成供職。清光緒二十三年，隨英人葛工程師赴杭，開闢拱宸橋商埠事宜。公畢，仍回原職。繼與洋商經營地産事，均不足展其才。迨清宣統元年，安徽汪觀察瑞闓督辦閘北馬路工程，委爲工程委員。君任職三年，藍縷篳路，荒榛丕闢，如履康莊。閘北之有今日繁榮，飲水思源，其來有自。民國元年，任上海市議會議員，多所建白。七年，任滬南工巡捐局工程處主任，矢勤矢廉，邑人士均能道之。其規畫斜土、斜徐兩路，測繪上海市總分各圖，尤彰彰在人耳目。十一年，任上海縣清丈局測繪主任，督率指導，厘然秩然，而十九市鄉之經界，粗其規撫。旋以病辭職，未竟其功。此君之事業在地方者。

至於慈善事業，尤赴之惟恐不逮，一本雪堂公之遺志。先後任上海同仁輔元堂、仁濟善堂、仁濟育嬰堂、保嬰局、公濟堂、放生局、保安堂等董事職。精神財力，耗費良多。好善之懷，出自天性，而自奉儉約，一生茹素，養性修真，繼承雪堂公之道統。晚年桃李已遍蘇皖，德望攸歸，宜爲群倫推重。雪堂公有翼化堂書局在豫園中，專刊善書道書，以資勸世。君鑒於人心不古，益亹擴充，風行愈廣。此君之事業在社會者。比年來，專意道中事，往來豫鄂兩浙間，風塵況瘁，志不稍懈。卒以積勞成疾，爲道殉身。卒於民國二十二年三月二日，年五十有八。長子廣勛，爲兄文樞後，以文樞嗣雪堂公，故姓張氏焉。廣勛爲同濟大學得業士，覃精醫術，有聲於時。次子廣鑠殤。長孫經圭嗣張氏。次孫經堯爲廣鑠後，明德達人，可卜門閭之昌熾云。

贊曰：予與君交二十餘年，諗其言行，一秉於誠。不同流俗，不合污世，是殆不屑不潔之士歟。於地方，以急公之力趨之；於社會，以樂善之心行之。横逆而不較，能忍以自安，苟非闡道心而泯人心，烏克臻此。然則君一生事業，何非於道中得之。挽近世俗日偷，安得繼起如君者，出其道之所得，以振起頽風、挽回世運乎！風雨如晦，鷄鳴不已，三復《鄭風》，神爲之往焉。

# 林君浩如傳

士君子之處世，得志則爲國家民族謀福利，而史乘推傑士；不得志則爲比閭族鄙盡勞瘁，而鄉里稱善人。夫傑士與善人，其志趣同，其抱負同，其利人濟物、大公無我亦同。特以境遇有殊，故成就有别，豈可以軒輊輕重繩其間哉。乃子輿氏曰：「窮則獨善其身。」又曰：「不得志獨行其道。」「獨」之一字，若不善學之，有己無人，必流於楊朱之爲我，生無益於人，死無損於數。故子輿之言，可行於三代以前，若晚近多事之秋，即十室之邑、一鄉之内，疇不賴老成碩望，本其利濟之懷，出爲地方致力者。若猶獨善獨行，不顧鄉土，夫豈善人之用心歟。若林君浩如者，其合於宣聖之所謂善人乎。君諱樹聲，爲浦左横沔望族，代有傳人。祖考秋山公業航，負盛譽，享遐齡。考蓉初公業醫，盛年不禄。時君尚未及冠，哀毁盡禮。嗣奉祖命，由藥劑業轉業醫，以繼先人。從鎮東南陳家行名醫陳雪生先生游，得其内外科秘術。懸壺之後，遐邇求診者踵相接，屢治險症，春成著手。對診例，絶不計較，貧病送診，足徵樂善之一斑。其於地方公益，靡役不從。若築路，若造橋，若横沔小學，若濟生會之濟貧施醫，無不慷慨解囊，其行善爲鄉人所樂道。生平無疾言遽色，寧静寡欲，澹泊明志，與物無忤，與世無争。雖濂溪之光風霽月，明道之良玉精金，亦蔑以過之。總其一生行誼，不求聞達，盡瘁鄉邦，善氣迎人，睟面盎背。馬伏波所謂鄉里稱善人者，其在斯人歟！

其在斯人歟！

既稱善於鄉，即積善於家，明德之後，必有達人，宜其子孫蕃衍，而善繼善述也。元配趙生三子二女，繼配趙生一子五女。均持家有法，内助稱賢。長子曾望，現任大新紗廠經理，有聲闤闠。次子祖望、三子家望，任職大源棉織廠，均有才能。季子宗望幼讀。曾望問字於余，時相過從，得聆君之謦欬，見其恂恂然有儒者氣象。憶五年前曾患鼻菌，施以刀圭，雖獲見效，而出血過多，咳嗆頻作。猶冀高年氣管發炎，尚非不治之症。去冬加劇，乃來滬診療。今春正月初三日，與余剪燭西窗，連床共話。貌雖清癯，精神尚健。不意漸入膏肓，竟至不起。及屬纊前夕，於淒風苦雨中一視遺容，其喟愴爲何如耶！君在此十年之間，門庭聚順，含飴弄孫，聿新堂構。若天假以十年，優游杖履，四代同堂，乃指顧間事，何造物之不仁一至此乎！然天之報施善人，不於其身，在其子孫。我知林氏之世澤，寖熾寖昌，正靡有艾矣。（下略）

# 建水李高夫人墓碑銘

古來女子之美德，僉以貞、節、烈三者並重。奉栗主而靡它，守閨門而弗出，此貞女之難也。吟黃鵠之悲歌，掩青鸞之塵鏡，此節婦之難也。既蓋棺而無仰，遽仰藥以相從，此烈婦之難也。然貞女既未合巹共牢，似屬拘守夫禮法，烈婦雖能捐生輕死，未免迹近夫殉情。惟節婦則節勵松筠，操寒冰雪，畫荻丸熊，門楣重振，則更難能可貴矣。若夫青年守寡，矢志「柏舟」，既無叔伯，更乏遺孤，而能顧全宗祧大計，使之綿延弗替，至其持家縝密，數十年如一日者，猶其餘事，此豈非難之尤難者乎。若李高夫人者，其庶幾焉。民國二十八年，宗兄楚卿（名子材）、以其子嵩谷（名克謖）在滬經商，乃自滇南建水迎養，一見如舊相識。有時樽酒言歡，述及世系，均自趙宋南渡而來。雖譜牒難徵，其爲同宗可斷。承以《建水縣志》相贈，談及「列女」一門，於是宗兄泫然流涕曰：「甚矣，節婦之難也。如吾嫂高夫人，於分則爲嫂，於情則爲母。其生平嘉言懿行，更僕難數。清操苦節，不可不有以闡揚之。子其毋辭。」

宗兄又爲予言曰：「予嫂爲長兄運昌之德配，高氏爲臨安郡望族，附貢生諱萬宗公長女。少敏慧，戒嬉游。灑掃刺綉外，喜讀班氏《女誡》及劉更生《列女傳》。慨然曰：『不如是，不足以爲人，爲女爲婦，必有玷門户，辱及先人。』其立志已可概見。年十七來嬪，伉儷敦篤。井臼躬操，視膳問安，有條不紊，故能博先祖考妣、先考妣及諸姑伯叔歡。先兄院試補佾生，益加勤奮。詎料翌年染疫，醫藥罔效，竟數日而歿。當彌留時，忽奮然躍起，拜別兩代尊長，諄諄慰藉，並顧嫂曰：『汝尚綺年，能守則守之，弗失堂上歡，否則無以我爲累。』嫂嗚咽曰：『一息尚存，志不少懈，請君弗念。』兄頷之，遂溘然長逝。時兄年二十有一，嫂年甫十八耳。白髮高堂，青春嫠婦，哀號慘惻，楮墨難宣。嫂雖一慟幾絶，但能節哀順變，寬慰尊親，並能力持大體，勸先考納簉室，以延嗣續。先妣宗太夫人亦贊助之，乃娶王孺人。越二年而叔兄警余生。然先妣宗太夫人初膺仲兄德昌之殤，繼遭長兄運昌之變，逾年而又喪長姊，致抑鬱以終。吾嫂侍奉湯藥，目不交睫、衣不解帶者幾兩月。逮喪葬事畢，已形消骨立。自宗太夫人殁後兩年，先妣黄太夫人來歸，又二年而予生。距警余兄之生，凡三載；而距運昌兄之殁，已五載矣。自是家庭漸復舊觀。乃不幸先祖考妣相繼以大年終。僅及服闋，而先考雲樵府君又見背。時警余兄方七歲，予僅四齡耳。嫂感無窮之痛，上則嫡庶兩姑同爲孀居，下則夫之弟妹年皆幼穉，其苦衷將誰籲訴？後予輩漸長，嫂與先妣商之先叔用堂公，爲之擇師課讀，隨時教督弗懈。故予與警余兄得稍有成就，雖感先叔母師之恩，而嫂氏之力，亦宜永矢勿諼也。况嫂氏之堅忍鎮定，有非鬚眉所及者。當新寡時，外戚中竊竊私議，以年輕不妨改適。嫂氏聞之，絶迹弗歸母家。久之而浮言冰釋。以是宗親益欽敬之。光緒之初，滇中大疫，鄰封死亡幾半，而臨郡尤甚。每當春夏之交，鄰人相驚伯有，遷避一空。嫂氏不爲動，仍侍姑嫜，以慰岑寂。而對於飲食，加以清潔調護，故家中未有患疫者。以是鄰里益神奇之。洎光緒癸卯之匪變，宣統辛亥之光復，以及民國丙辰之兵亂，郡城被圍，烽烟四起，舉家避難東村。而嫂氏兀然不離，房屋資産，卒賴保全。非有大過人之膽識，其孰能之。當光緒季年，有販商在予家門前甜息，去時遽遺其橐，嫂見之，知爲銀，守待而無主來尋，携歸權之，約三百兩，秘以收存。翌日在門詗察，傍晚果有人倉皇訪問，嫂知爲物主，囑父老詳詢，數量悉合，即以璧還。其人拜謝，願分百金爲酬，嫂堅不受，乃歡躍而去。此事爲鄉里所樂道，雖裴晉公之還玉帶，蔑以過之。此舉其犖犖大者。至若平生之孝慈淑慎、勤儉持家，至纖至悉，以故宗戚鄉里無間言。幸天鑒苦哀，姪輩兒孫繞膝，晚景堪娛，得遂素願，卒以壽終。猶憶彌留時，流涕顧予婦曰：『我處李氏四十餘年，問心無愧，兹當長别，所耿耿於懷者，不能假我數年，終養白髮姑嫜。今而後，偏勞我娣，此我之遺憾耳。』當死生之際，猶不忘孝思，其至性爲何如。卒於民國七年一月十二日，即戊午年十二月十二日。距生於咸豐丙辰某月某日，享壽六十有四歲。以予長子克諴爲嗣。《建水縣志》『列女』門雖有傳，惜略而不詳，故縷縷陳之，以補闕漏。惟予生也晚，得之母叔諸姑，耳熟能詳，恐未足以盡嫂氏之懿德。初葬於城東祖塋，去年次兒克諼返滇，改葬於開遠縣草店高崗山先祖妣之穆位。兹擬勒碑，請爲銘之，子其毋辭。」

予聞而喟然太息曰：「爲節婦誠難，爲節婦而能知大體，更屬鳳毛麟角矣。宰相知大體，則稱爲賢相；女子知大體，則稱爲賢婦。夫人能知宗祧之重，弗使失墜，一也。能知瓜李之嫌，以息蜚語，二也。能知死生有命，弗作盲從，三也。能守祖基弗去，力持鎮定，四也。能見利而思義，拾金不昧，五也。以是言之，夫人其女子而有士君子之行也歟。至今李氏寖熾寖昌，方興未艾，夫人之功自不可泯。然則謂夫人爲李氏之功臣也可，謂夫人爲女界之完人也亦可。以視挽近女子侈言平等自由，而以家政爲詬病者，其相去爲何如哉！兹當改葬建碑，爰爲之銘曰：

霜凋夏緑，雹碎春紅。令嫻血泪，夫人攸同。盟心兮有井，應門兮無童。能力持夫大體，卒丕振其家風。存亡續絶，偉哉此功。一門蕃衍，洩洩融融。夫人亦克遂初衷。壽考以終，爲戚鄙鄉里所稱崇。改葬吉壤，矻矻碑豐。念夫人懿德之隆，謹以銘是幽宮。

# 《李氏易園三代清芬集》跋

嗚呼！自壬子先君捐館，迄今已二十有九年矣。自丙寅先母見背，迄今已十有五年矣。「蓼莪」之痛，「梧棬」之懷，苟有人心，誰能遣此？猶憶髫齡趨庭時，見先君課餘之暇裒輯先集，昕夕不懈。有時命爲鈔録，恐有訛舛，悉心校讐。洎乎弱冠以後，見先君修先曾祖《易園集》版，又刊行先大父《優盋羅室詩稿》暨先大母《月來軒詩稿》，均爲跋以紀其事，並以未刊先祖姑母《猶得住樓遺稿》、先大父《優盋羅室文稿》，時引爲憾事。凡此繼志述事之念，無非恐先德清芬年久失墜，故殷殷三致意焉。小子行能無似，自涉世以來，初膺講席，嗣後或簿書，或新聞，或編輯，或參議，仍歸束於教育。廿載中奔走衣食，未遂顯揚。析薪負荷之謂何，好爲人師之爲患，蹉跎歲月，不自覺其垂垂老矣。其間曾將先集檢點之，先君以潛心經學、小學，故文稿恒不自珍惜，存者甚少，録請秦丈硯畦鑒閲，定名曰《李徵士遺稿》。得文凡五十篇，與《優盋羅室文稿》庋藏在家。先母《六宜樓詩稿》，經姚養怡姻臺刊入《姚氏叢刊》中。民國八年，宗叔平書先生曾排印《猶得住樓遺稿》。近年偪促租界，將《易園集》版寄存南市同仁輔元堂，與《上海縣志》版儲藏地下室。詎料丁丑變作，一炬劫灰，良堪浩嘆。其他或已行世，而存書尚少；或仍藏篋，而迄未付梓。長此以往，代遠年湮，恐求孤本而不可得。先人手澤，自小子而廢墜之，能無戚戚於胸懷乎。亟謀將三代遺集裒成一編，付諸欹劂，以繼先志而了心願。顧以兹事體大，計合祖孫、父子、姊弟、夫婦之作，集凡七種，字逾百萬，需費孔繁，有志未逮，因循至今，又已三載。去秋及門諸君子以余今歲花甲初度，擬爲祝嘏。余以國難當前却之，諸同學乃請移貲助刊《李氏三代遺集》，他日告成，贈書以廣流傳。如此玉汝於成，自應拜嘉盛意。其初祇以及門爲限，後爲親友所知，均謂是書有關文獻，宜各手一編，援例參加，以期樂觀厥成。余亦未便過拂，而靦然允之。於是繕寫清本，付諸手民，定名曰《上海李氏易園三代清芬集》。請秦丈硯畦爲之序，黄丈藴深署其耑，而養怡姻臺任校勘全書，至爲精細。惟邇來物價騰貴，倍蓰曩日，不得已字體較小，以省篇幅，殊深引疚。兹以成書有日，爰謹録其原委，以見小子無狀，不能發揚先人之輝光，並以識諸親友諸及門之高誼。發潛闡幽，不使散佚，李氏世世子孫，感且不朽矣。

# 《史略新編》序

古今來絶大著作，捨經史其奚歸。然經爲聖人之言，自馬、鄭、孔、朱以迄清代諸漢學大家，詳闡訓詁，後人幾莫贊一辭。若論史學，充棟汗牛，浩如烟海，昔人謂「一部廿四史何從説起」，亶其然乎。自非具才、學、識三長，其何以執簡馭繁，提綱挈領，甚矣史學之難言也。蓋廿四史爲紀傳體，《資治通鑑》及《通鑑綱目》爲編年體，「九通」爲紀事本末體，各有所長，交相爲用。然皆成學之士所潛心探討，决非可以童而習之者。於是今世學校歷史課本，撮其大要，於民族、外交、學術、交通等，罔不三致意焉，是誠合於當世之務。然於歷朝之廢興沿革，恒多闕漏。是以今之學子，叩以東西洋史，則如數家珍；詢以五千年之國史，則數典忘祖，是亦不無闕憾也。傅君佐衡有鑒於此，本其三十年之心願，旁求物色，蒐集遺書，於是發篋下帷，殫精竭慮，乃能輯成是編。以帝王爲主，從龍門例也；以年月日爲綱，從涑水、紫陽例也；其下則以事爲之緯，則又九通例也。然則是編之作，不啻合紀傳體、編年體、紀事本末體於一書。且嚴於正閏，間以評語，尤得《春秋》褒貶之意，學者能近取譬，即此可爲階梯。行遠自邇，登高自卑，他日深造，始基於是。傅君此舉，其有功於初學歷史者，夫豈淺鮮。傅君雖謙遜自居於述，然駸駸乎登作者之堂矣。

昔清康熙間，吴興鄭元慶有《廿一史約編》之作，於帝王各作評論百數十字，下則以事緯之，讀者樂其簡便。惟漢以前叙次散漫，且以明末爲限，非若傅君是編，自皇古至清末，體例一致，綱舉目張。而於清光、宣兩朝，紀載尤詳，於外交之鑄錯、民族之勃興，足令閲者投袂而起，較之鄭君約編，非尤爲精且密哉。抑余更有言者。傅君尊人築初先生有《古文新編》十卷之輯，刊行於世，先府君爲之序，又爲先生作家傳，稱其勤敏好學，餉遺來學之心，曷有藝極。又謂天道報施，不於其躬，必於其子孫。更謂傅君恪守家法，好文修行。猶憶傅君丐文之時，年逾而立，予年近冠。卅載前塵，恍如昨日，今皆垂垂老矣。罹念傅君隱於市，而能有此著作，餉遺來學，足以壽世而顯親矣。余則好爲人師，依然故我，悲先人之手澤，慚世守之楹書，能不對是編而有動於中乎。

# 《南蔭堂姚氏叢刊》序

余世居上海縣之閔行鎮，與南匯縣之周浦鎮，僅一葦之航。而周浦爲余母家姚氏所在，幼時隨侍先母歸寧，常至斯土。故於周浦之形勝物産、風土人情，能稔知一二。聞諸是鄉人諺云：「未有周浦鎮，先有姚家廳。」足證姚氏歷史之悠久，世澤之綿長，非倔起一時者可比。姚氏代有聞人，以余所知者，若表兄小蔭明經、藝諳孝廉，表姪田生、欣木茂才，均爲知名之士。而女子中，亦頗多以才名稱，或推咏絮之吟，或垂宣文之幔。其尤著者，莫如三母姨吉仙女史，爲南匯名士丁時水姨丈繼配，倡和之作，稱盛一時，《南匯縣志》有傳。先母於諸姊妹中最幼，所著有《六宜樓詩稿》，桐城蕭敬甫、南匯黄式權諸先生均有題辭，《上海縣志》亦有傳。感懷風木，十易星霜，小子無似，尚未將珍藏遺稿付梓，深自引疚。養怡姻臺，市隱飽學，誠後起之秀，足以纘承姚氏諸先哲舊業，而尤難得者，蒐輯族中詩文著述，擬爲彙刻。具此抱殘守闕之宏願，良殷心折。近承過訪，述及於六宜樓諸姊妹之酬倡，更欲致力訪覓，並從唐應壎表弟處録得先母遺稿，惟以未見于歸後所作爲憾，爰録五十餘首歸之。養怡之意，既感且佩，而梧棬手澤之痛，余亦曷能自已乎。

# 郁燕生君著《華幣沿革考》序

泉幣之良窳，與國運之興衰，有息息相關之處。國家全盛之時，幣制優良，盜鑄絶迹，若唐之貞觀、開元，清之順、康、雍、乾，是其明證。及至叔季之世，則鷄眼、鵝眼、光片、鉛質雜出，甚至有交子、會子等，幣制窳劣，覆亡隨之。故覘國運者，可於此卜之矣。海上考古家，首推丁氏福保，蒐集古泉最爲宏富。並鳩合同志，互相研摩，曾著《泉譜》行世。而友人郁君燕生，本爲滬地世家，夙有蒐藏，加以平生收買，迨耆年休養之餘，又復悉心摹印，詳細解釋，積之既久，裒然成帙，名曰《華幣沿革考》，都凡二十四卷。豈非丁君而外，异軍突起者乎。竊考黄帝采首山之銅以爲幣，論者謂爲古泉之權輿。今觀郁君此書，以葛天氏幣居首，尚在黄帝以前，其珍异爲何如耶。又按考古家恒詳遠略近，但古泉每多贋鼎，難以鑑别，不若近代之信而有徵。况後之視今，亦猶今之視昔，千百年後，安知不奉郁氏此書爲圭臬乎。書中論古泉者四卷，論清代制錢者十卷，論銅幣者四卷有奇，論鎳幣、鋁幣、輔幣、銀幣、代價券者三卷有奇，而附之以各國銅幣、銀幣各一卷，洵能詳人所略，足爲後世參考。猶之西人研究郵票，但求其稀罕，非必偏重於時代也。然則郁君此書，不名曰《古幣沿革考》，而名曰《華幣沿革考》，意在斯歟，意在斯歟。

# 《濱湖海上紀游吟草》序

以垂暮之年，而相對如白頭兄弟；以萬里之遥，而把晤得紫氣同宗，此豈非天假之緣，爲人生難得之遭逢乎。楚卿宗兄籍隸雲南建水，精風鑑，善古文辭，而尤耽吟咏。歲庚辰，其喆嗣嵩谷經商於滬，恐兵禍及滇，乃迎養焉。予以及門林君曾望之介，一見如舊相識，由是風晨把盞，月夕吟詩，雖桃李園亦無復過之。宗兄素性撝謙，每有佳作，輒屬予推敲，故予得隨時浣誦。近年所作，以時處板蕩，恒寄情悲憤，誠詩史也，誠詩人之詩也。且夫詩以言志，亦以抒情，處沸羹蜩螗之秋，自多憤世憂時之作。杜老之客夔州，放翁之羈劍閣，宜其壹鬱，一寄於詩，宜其窮而愈工也。今宗兄初寓滬，繼遷蘇，翹跂滇池，欲歸不得，旅懷客思，一篇中三致意焉。處境之窮，有類杜、陸，即欲詩之不工，其可得乎。是編名《濱湖海上紀游吟草》，取居蘇濱湖、居滬濱海之意，均爲迎養後游屐所經，遠自越裳古邦，近及蘇、杭勝地。興之所至，托之於詩，無不盡其幽敻豪邁之致，讀其詩者，可想見其爲人。至庚辰以前所作，以未入行篋中，有未窺全豹之憾，且俟之澄清以後，再行捧讀，未爲遲也。

# 同嘏書屋藏書序

父兄之愛其子弟者，不貴傳滿籯之金，貴於傳之楹書。子弟之克家者，亦以能讀父書爲貴。但古風渺不可追，非所語於挽近已。若夫善體親心，申其祝嘏，不爲鋪張之舉，而爲頤養之謀，購置圖書，以爲親壽，所以壽世者在斯，所以壽人者亦在斯，不更難能可貴乎。姪倩沈君同一，精神强固，英姿颯爽，固知其爲壽徵也。生平酷嗜書，祇以致力教育，未遑兼顧，恒引以爲憾。戊子仲春，爲君周甲弧辰，兒輩以稱觴爲請，君曰：「世事蜩螗，民生凋敝，隨俗之舉，予所不取。」兒輩知親意之不可强，親命之不可違，迺謀所以得親順親之道。因讅毗陵楊氏習養室藏書頗富，願以一部分出讓，計經、史、子、集三千六百餘册，琳瑯滿目，洋洋大觀。於是兒、媳、婿、女八人，詢謀僉同，集資購置。君乃怡然頷之，名之曰「同嘏書屋」，既取君字相關，兼取共同祝嘏之意。如此獻書上壽，以博親歡，不作一時之誇耀，而垂永久之紀念，韻事美談，足爲矜式。如君之風雅，誠屬可人，而如兒輩之孝思，亦盡可兒也。嗟乎！世衰道微，數典忘祖，於是不肖子孫，土苴古籍，任其蠹蝕者有之；蕩析家資，求善價而沽者有之。是則棄之鬻之且不暇，更何論購之藏之乎。今觀君之門庭，稽古右文，抱殘守闕，挽狂瀾，作砥柱，以保存典籍自任，予所謂壽人壽世者，是耶非耶？予知再越十年，君可息肩教育，寢饋圖書，昕夕優游，耄而好學，躋鄭公之大壽，享衛武之遐齡。此固明德達人所應爾，非予一人之私言也。抑予更有言者，君長南洋模範中學有年矣，時雨春風，英才樂育，門墻桃李，何止三千，則其師弟之情感可知。今者兒輩既以書壽其親，則及門之踵其事者，或以書壽其師，亦未遑多讓，萬卷楹書，指顧可待。則此時共同祝嘏之舉，其意義更何如哉。況君本壽人之義，以之壽世，他日君瀏覽之餘，悉以充南模之圖書館，息壤在彼，不私小我。此則君之志，所望君兒輩以外，更有以成其志也。於是乎書。

# 《新修二十四孝》自序

孝者庸行也，亦常道也。萬世不易之謂庸，千古不變之謂常。惟其不易，故平淡而盡人可爲；惟其不變，故綿延而與天同永。天之經，地之義，民之行，人類之所以不滅，民族之所以得存者，胥與孝有息息相關之處。五千年來聖賢與夫挽近達者，無不以孝爲救濟世道人心之一助焉。雖然，孝之爲義，既訓爲庸與常，則凡過甚之孝，與夫反常之孝，既不足爲後世法，更不足爲小子訓。且恐以訛傳訛，謹愿者以此持身，而被人竊笑；狡黠者得所藉口，而肆其狂吠。非特不能振倫常，而適足以淆觀聽，豈非與提倡孝道之本旨，大相刺謬乎。《二十四孝》一書，其提倡孝道，亦有數百年之歷史。民國以前，凡在家塾，無不童而習之，耳熟能詳，終身誦之。孝子慈孫輩出，未始非此書之裨益焉。惟竊有言者，此書之振發聾聵，誠足深佩，此書之選取材料，尚多未純。此固不必爲先哲諱，而亦不足爲作者病也。

請析言之，虞舜耕於歷山，象爲之耕，鳥爲之耘，蓋本《孟子》號泣旻天之説，加以傅會，以爲孝感動天，其誰信之。楊香搤虎救親，髫齡童子，手無寸鐵，猛虎何能磨牙而逝。此孝之屬於不經者也。董永賣身葬父，誠爲難能，乃云途遇仙女，求爲永妻，織縑三百匹而去，未免怪誕。丁蘭刻木祀親，亦屬孝思，乃云妻以針刺，而木偶出血垂泪，更覺荒唐。庾黔婁棄官養父，誠爲盡孝，乃云每夕稽首北斗，其愚可哂。此孝之屬於迷信者也。郭巨掘窖得金，詭托爲母埋兒，天賜孝子，雙收名利，袁枚曾力斥之。陸績既欲以橘遺親，應請之袁術，乃竊橘懷之，及術詰問，巧詞掩飾其非，何可爲兒童訓。孟宗哭竹生笋，殊不足道，或以冬笋代之，或掘竹得之，即令隆冬時時饈，亦可食春笋，何得稱奇。此孝之屬於詐僞者也。曾子善養其親，本屬可取，乃謂母嚙指而心痛，事太無稽。王裒爲父廢詩，原屬可信，乃謂母畏雷而奔墓，未免太愚。此孝之屬於訛傳者也。郯子鹿乳奉親，萬一爲獵人所射，不保其身，不孝孰甚。王祥卧冰求鯉，倘或冰解戕身，豈非陷母於不義。此孝之屬於冒險者也。老萊子取水上堂，詐跌卧地，以博親歡，設令傾仆毀傷，孝於安在。黄庭堅滌親溺器，未免沽名釣譽，苟監視婢妾，使之潔淨已足矣。此孝之屬於矯情者也。姜詩涌泉躍鯉，或宅旁偶掘泉水，適得鯉魚，遂誇异於人，亦未可知。此孝之屬於偶然者也。吴猛恣蚊飽血，恐去己而噬親，其心可嘉，其事甚愚，不求驅除之法，安保不噬其親。此孝之屬於無謂者也。總此以觀，既非庸行，亦非常道，則可録者少，而可删者多。至於《後二十四孝》，其取材亦多類此，姑不贅述焉。

或曰：「子之辭辯矣，然古時天地鬼神之説，深入人心，欲提倡孝道者，惟有以此潛移默化，收其效於不知不覺，家喻户曉，事半功倍，此先賢别具苦心，何得多所訾議乎？」應之曰：「否。子之所云，亦持之有理，惟不免爲十九世紀之論調，今者世界文明潮流轉變。立言者苟不適合於時代化，且將有落伍之譏。況今邪説横流，壞人心術，非聖人者無法，非孝者無親，無法無親，將入於禽獸之歸。若僅捃摭陳言，是直授人以柄，乘隙而加以抨擊。且現代青年，喜於紫之奪朱，惑於鄭聲之亂雅樂，何能使之感化，而就我範圍乎？至於先賢之輯是書，祇以時代不同，惟有以神權設教，使後生小子耳濡目染，習慣自然，固亦有不得已之苦衷，予亦爲深諒之，非敢加以訾議也。特是彼一時，此一時，宜乎古者，不宜於今，孔子聖之時者，且疾微生畝爲固，三代禮樂，有所損益，不相沿襲。惟有因時制宜，本不易不變之道，去炫异矜奇之説。不揣檮昧，加以整理審擇，計取之前二十四孝者凡八人，取之後二十四孝者凡五人，新增者凡十有一人，名曰《新修二十四孝》。帝王不載，女子應列入《女二十四孝》。是編字數，每則均在百字以内，字句簡短，以便兒童記憶。凡所采擇，無非庸行與常道，以符孝之本意。所望父詔其子，兄勉其弟，隨時講解，養正端蒙，以保存我國固有之舊道德，俾人心不致陷溺，世道不致淪胥。此乃編者之微意爾。更望大雅君子正其紕繆，增以圖畫，多多印送，以廣流傳，則尤編者所九頓首以請焉。（《二十四孝》另刊）

# 王賡虞君、史靜芳女士銀婚紀念册序

前清末葉，予執教於製造局兵工高等學校，而王君賡虞來受業。民國初年，予執教於江蘇省立第二師範學校，而王君又來受業。相逢兩度，良非偶然。弦誦之餘，覺王君恂恂儒雅，有篤實君子風。未幾得業以去，任職於時化、和安等校，蜚聲於教育界。逮甲子七月，王君造寓曰：「我定於八月三日，與史靜芳女士舉行結婚典禮。師其來臨。」予因詢悉史女士亦習師範，以同道而合爲夫婦，真不忝爲同志矣。届期，赴和安學校禮堂，布置簡單而莊嚴，無主婚人，無證婚人，無結婚證書，且無相對行禮。來賓滿堂，如舉行一茶話會。予以被推爲主席，即席致詞。大致謂如此婚禮，可以風世，望新夫婦本教育精神，爲社會服務。旋新夫婦亦各有報告。此誠婚禮中之别開生面，予三十年來每爲及門證婚，而如王君者，僅一人而已。蓋婚禮節約，人人能言之，而人人不能行之。良以積重難返，無毅力、無勇氣以改革之。今王君獨能開風氣之先，創行於廿載以前，豈非提倡節約之導師乎。王君致身教育逾三十年，而史女士亦先後任教職二十餘年，互愛互助，造成良好之家庭。既有良好之家庭，即有良好之教育，不患無良好之子女。今王君子一鳴已得業於交通大學，女一匡肄業於大同大學，前途正未有艾，足證予言之不謬也。最近王君造寓曰：「八月三日，爲廿五周銀婚之期，師其不可無辭，以留鴻爪雪泥之印。」予以爲銀婚尚不足貴，而王君夫婦之移風易俗爲可貴。且王君夫婦之志同道合、盡瘁教育爲尤可貴耳。第念甲子以來，曾幾何時，忽忽已二十五年。王君夫婦，尚在艾年左右，予雖年近古稀，而精神尚健，可卜再越二十五年，由銀婚進而爲金婚。賢伉儷尚未及耄，而予亦未及衛武之齡，舉行典禮，策杖來觀，是亦意中之事。今予晉張老之頌，亦以自頌，聊博王君夫婦之一粲云爾。己丑八月李右之識。

# 考工始輪人説

《周禮》官制，分爲三百六十屬，各有職掌，而一無閑散。非聖人之喜煩瑣，欲以昭鄭重、專責成也。其間立法之密、設員之周，而無微不至者，尤莫如《考工》一篇。蓋工者，冬官大司空之職，其所司爲最劇，即所屬爲最繁，雖染羽湅絲之事，亦必設官分職以掌之。至纖至悉，非善治天下者，何能若是。惟以輪人爲始，後世不能無疑焉。夫《考工》之官，不一而足矣，宫室以庇人居，則始梓人、匠人可也。弧矢以威天下，則始弓人、矢人可也。圭璋以爲瑞器，則始玉人、雕人亦可也。彼輪人者，雖能爲機巧，不過服御之物耳，奚以始爲？然而要有深意焉。昔者有虞氏上陶，夏后氏上匠，殷人上梓，時有不同，所上亦异。迨至姬周，武王誅紂，疾上下失其服飾而上輿。既已上輿，則以輿人爲始，當王者貴，亦何爲不可哉。豈知輿而無輪，輿何能轉，猶之舟而無楫，舟亦何能行乎。且《考工記》篇首論曰：「凡察車之道，必自載於地者始也。」是故察車自輪始，此豈非始輪人之明證耶？吾於是知輿人之次於輪人者，良有以也。而世之論者，往往以《考工》始輪人，爲周文公之尚機巧，豈識其微意所在乎！况既謂之工，方患其拙，安有嫌其巧歟？以公輸子之機變，孟子特稱其巧，不加指斥，則不謂周公尚機巧固可也，即謂周公尚機巧亦可也。乃至今日，外洋科學家發明機械，日新月异，以火運輪，瞬息千里，以輪鼓水，瀛海可通；

以機轉輪，翺翔碧落；以汽動輪，康莊疾騁。大而至於工廠之引擎，小而至於手腕之時計，無不藉輪以爲旋轉，輪之爲用大矣哉。特我國雖有輪人古制，不過以爲車輿，此皆國人習於固陋，不求精進之故，可慨也夫。

# 讀《瀧岡阡表》之我見

嘗讀歐陽公《瀧岡阡表》，感其推崇先德，善則歸親，以至性至情，發爲至文，仁人孝子之心，洋溢於字裏行間，千載下讀之，動人悱惻。篇中扼要處，在父訓得之於母教，備述崇公之孝養仁厚，故能有待。其述孝養處，曰「祭而豐，不如養之薄」，足爲事親者鑒焉。其述仁厚處，曰「常求其生，猶失之死」，足爲臨民者法焉。至其立身有本，立言得體，猶餘事耳。然總讀全篇，對於崇公及鄭太夫人之年齡，其中極有疑問，特表而出之。按崇公之卒，年已五十有九，歐公僅四歲耳。後二十年，始得禄而養。又十有二年，列官於朝。又十年，留守南京，太夫人終於官舍，享年七十有二。以此推之，歐公時年四十有六矣。且以此推之，崇公之卒，與太夫人之卒，中距四十二年之久，可見崇公卒時，太夫人年僅三十耳。一則五十有九，一則三十，若以歐公四齡推之。我知結褵之時，崇公長於太夫人之年齡，當倍又未也。「枯楊生稊，老夫得其女妻」，未免不倫。此一可疑也。且古時三十有室，未聞五十左右而始娶者。抑或鄭太夫人爲崇公繼室，如叔梁紇之於顔徵在，亦未可知。但崇公之元配，理應述及，何以此表始終未提一字？此二可疑也。我於幼年讀此表，已發其覆，但至今亦無從證印，只有存諸闕疑而已。

# 五言絶詩

## 題姚氏叢刊

先德清芬播，風行重洛陽。蒐羅心力瘁，澤共澧溪長。

## 暮秋即事

市得肥螃蟹，安排付酒杯。呼僮籬下訪，報道菊花開。

## 題　梅

國比此花美，花揚我國光。應知春有信，花國兩輝煌。

題吴樂天兄與骷髏並立攝影

他裸我衣裹，他即將來我。永結無情游，比肩不爲禍。

題若瓢上人寫梅

此瓢無量器，若醒亦若醉。色相本來空，梅花寓禪意。

湯有蘇同學畫背面梅花便面見贈

不作壽陽妝，雲鬟費打量。寥寥三數筆，神韻此中藏。

箸

指揮憑人手，攫取送人口。海錯與山珍，君能消受否。

櫻　桃

盛來琥珀光，顆顆沁瓊漿。時與梅妃伴，應教樊素嘗。

題春山

策杖尋芳草，嫣然一笑迎。林深藏古刹，隱約聽鐘聲。

題冬山

極目蒼茫裹，寒崖古澗深。松濤來萬壑，對景滌塵襟。

# 五言律詩

## 竹簾二首

新篁裁片片，襞績費人工。暑山風來隙，秋宵月逗空。波紋匀泛緑，晷影静移紅。舒卷隨君意，憑牽一綫中。

恍入淇園裏，悠然滿座陰。應懸高士肆，誰解美人心？懷卷毋輕縱，升騰莫怨沉。任他狂烈飈，罅隙不容侵。

## 和顧旭侯兄虎頭吟元韻

家聲溯虎頭，斗酒氣吞牛。燕趙悲歌士，嵇劉玩世流。狂談驚罵座，豪飲勝封侯。如此虬髯客，英雄志未酬。

題常熟翁文恭公遺墨

虞山鍾間氣，元宰帝師崇。變法羅才俊，經邦竭藎忠。逆鱗批武氏，妙筆媲蘇公。手澤家藏寶，低徊拜下風。

文姬歸漢

伶仃孤弱女，萬里慶還鄉。偏仗奸雄義，不將死友忘。胡笳聲切切，漢史事彰彰。舉世交情薄，老瞞足表揚。

贈任汝鐸兄

賓至如歸者，殷勤伉儷同。新翻蘇氏譜，共仰孟嘗風。昕夕客常滿，寒暄酒不空。老饕期後約，多謝主人翁。

## 己丑麥秋，余春秋六十有九，咏懷十首（自注録後）

六九忽忽過，流光逝不回。看人兒女長，覺我鬢毛催。卻杖腰猶健，揮毫腕已頹。古稀一彈指，益壽養生來。

六九忽忽過，青春且溯前。采芹將弱歲，食餼越來年。兩次闈中病，半生窗下捐。遠游親在戒，壯志阻騰搴。

六九忽忽過，心閑執教鞭。義方慚啓後，繼述愧承先。絳帳三千士，青氈五十年。及門多不賤，佛説有前緣。

六九忽忽過，梓桑恭敬生。城南游釣舊，滬北寓居更。縣政幾番預，志書兩度成。七年争自治，民意露芽萌。

六九忽忽過，曾將公帑維。虎威攖暴怒，狙擊脱奇危。正義能常勝，强權不久持。問心無愧怍，可告地方知。

六九忽忽過，滄桑人事哀。瑶琴嗟兩絶，玉樹榦三摧。簫史游仙賦，班姬弱息培。莫愁多拂意，也是數中來。

六九忽忽過，井蛙那測天。莫瞻瀛海勝，未上岱宗巔。行迹經蘇浙，游踪歷薊燕。杜門無遠志，裹足廿餘年。

六九忽忽過，回思出處期。武銜膺正校，文職簡監司。敵僞鴟張日，韜藏蠖屈時。雄心千里在，日暮欲何之。

六九忽忽過，優游樂及時。同門開社酒，老友榷巴詞。偶鬻碑銘句，聊爲麴蘖資。曩年耽博弈，今不擾吾思。

六九忽忽過，欣逢民主年。老慵非世棄，貧健是天憐。懷舊多爲鬼，閑居不羡仙。塵寰諸念息，五内少勾牽。

第二首自注：弱冠後，地方人士資遣留學，以單丁不獲母命，未果。

第四首自注：民元選任上海縣議會副議長，十二年恢復自治，任副議長、議長。民二修《上海縣續志》，十三年修《民國上海縣志》，均任主任。民三袁世凱取消地方自治，民六起糾合同志請求恢復，至十二年六月由江蘇省議會議决，省公署公布恢復縣市鄉自治機關。

第五首自注：十三年齊盧戰争盧敗，鄂軍旅長張允明先入滬，擅委縣長李某，强人民納冬漕，於是十九市鄉經董將糧串悉數交上海縣議會。（時余代議長）乃將串送租界江蘇縣議會聯合會（時余任委員長）妥爲保管。張氏銜之，而無如何，揚言欲得而甘心。某晚會門外有槍聲，適余出未返會，旋即得報，避外三日。幸未幾張與齊火迸而逃，未爲所算。事平，韓省長委任縣長乃以保存之串，分還各市鄉。

第六首自注：先室吴夫人，繼室徐夫人，兩賦悼亡。兒潤河、彭年幼殤，炎武年二十七，肺疾不禄。女適謝氏婿，早世，幸外孫女已成立。

第七首自注：民七游北平，訪故宫，道經魯省，以未謁孔林、未登日觀峰爲憾。

第八首自注：清季余任廣方言館教習，後改兵工學堂，以學生畢業勞績，保舉陸軍部正軍校。民國十三年以江蘇辦振勞績，保舉簡任職存記。

# 五言排律

## 贈黄任之兄

鄉情敦故舊，毋族繫姻連。論齒遲三歲，搴芹後一年。鶴沙推碩望，澧水訂前緣。秀比冠中玉，妙翻舌底蓮。龍門登籍早，虎榜著鞭先。革命資提倡，危機幸保全。蓬瀛頻考政，星島遠籌捐。執技宏施教，儲才致志專。朱提如土芥，華衮等雲烟。議席抒雄辯，志書輯巨編。妖氣揚滬瀆，高節入渝川。猿窟曾探險，鵑聲不耐眠。有情諧眷屬，無事散神仙。愁對丁當笑，續娶姚夫人二幼女。閑來王趙研。鯨鯢甘屈服，桑梓慶安旋。復國嗟粉擾，閉關卻擾纏。行危言可遜，境困志彌堅。鋪簟長炎夏，揮毫盛暑天。我慚隨俗輩，君信濟時賢。慎默常緘口，優游暫息肩。古稀今乍届，幸福後無邊。穀旦肥螯菊，弧辰息管弦。憂時除酒食，獎學助金錢。大誕祝黄髮，蕪辭寫彩箋。任之名炎培。

# 五言古詩

黄譜蘅兄六十有五生子，以百字賀之

商瞿丈夫子，五十次第生。六一袁居士，阿遲喚兒名。君今耆有五，英物試啼聲。得天何獨厚，精力媲老彭。添香有紅袖，德曜夕不争。熊羆夙無夢，蚌珠竟晚成。吾鄉江夏氏，多壽應長庚。再越二十載，膚革猶充盈。含飴指顧事，鄉飲作五更。三世同堂日，蘅邨晉巨觥。

滇南嵩谷宗阮[一]由滬返滇，時越一載，道經九省，最近平安抵滬，作歌以紀其事

遠游雖有方，道阻等無方。長征非得已，滇南返故鄉。去歲春將暮，偕友遄束裝。錢塘江畔渡，殘破愴滄桑。駟車過湖鎮，幾罹兀妄殃。鐵鳥頻下卵，池魚血玄黄。屏除身外物，溪澗避倉皇。明神來呵護，骸骨滿其旁。鵬程奮萬里，昆明池在望。祖塋窀穸徙，商肆部署忙。轉瞬殘冬

度，屠蘇故里嘗。今春計來滬，九省路修長。椿萱望穿眼，遄返慰高堂。加鞭指東海，喘息甜未遑。崎嶇大庾嶺，覆車額創傷。逢凶又化吉，福澤自無量。甌江逢舊雨，歸歟願共償。燈花復鵲噪，雙親喜欲狂。郇厨叨醉飽，鴻雪話斜陽。風飄從此順，聯步履康莊。

【校記】

〔一〕「宗阮」，疑爲「宗兄」之誤。

送滇南楚卿宗兄返滇

滇池與滬瀆，長房地可縮。朝發而盱至，萬里不經宿，鴻毛遇順風。安抵何其速，越日到家園。三徑存松菊，焕峰如舊青。瀘水依然緑，親故競洗塵。殷勤陳酒肉，九載訴離情。昕夕談不足，左右相顧盼，顔開而笑逐。况復今而後，聯翩膺福禄。荷夏文孫婚，桂秋古稀祝。恨我悵離群，西窗今剪燭。珍重惜臨歧，驪歌唱一曲。

# 七言絶詩

## 題吉仙母姨遺墨

寸縑書畫吉光珍，五十八年墨瀋新。披卷低徊瞻手澤，興懷梧棬憶慈親。

## 寄虞澹涵女士

渝水涪江接錦城，放翁杜老寄幽情。鵑聲啼罷猿聲續，從古詩人到蜀名。

## 喜　雨

昨宵苦熱未成眠，可喜三更雨沛然。農慶豐年儂好睡，大家一樣謝蒼天。

詠蟬

得意高吟有幾時，蜉蝣朝暮那能知。秋風一起聲先噤，到底趨炎不久持。

促織

豆棚瓜圃動秋聲，機上女工著意驚。蟲類也知勤惰异，不鳴城市四鄉鳴。

七夕

相傳牛女渡銀河，艷説天孫韻事多。仙侶也談戀愛史，人間戀愛更如何。

中秋無月

月到中秋不見明，嫦娥别有寄深情。世間黑黯何時掃，故把浮雲掩太清。

## 公園觀菊

霜葩名種萬千陳，大好秋容賽麗春。游客如雲如走馬，看花幾個識花人。

## 盆中雙菊

市得寒英十月天，盆中雙穗互争妍。參差燈下將誰比，姊妹花和並蒂蓮。

## 殘　菊

橘緑橙黄正及時，東籬顛頷傲霜枝。主人留待明年看，寄語園丁好護持。

## 謝林曾望同學贈蟹

昨得黄花並美醪，正須入市市肥螯。横溪名産來相饋，多謝游楊情意高。

贈衡齋弟還鄉四首録一

敬梓恭桑具古風，封翁不作作村翁。晚年好静塵囂厭，且學高僧入定中。

隣家花

夾竹桃花接兩家，籬前紅翠影横斜。西隣留得平分色，一様臙脂映晚霞。

白桃花

近入疑游香雪海，遥看誰認武陵村。卻嫌濃抹污顔色，一點臙脂不染痕。

謝滇南嵩谷宗阮贈酒

釀著横塘洌更香，桃紅且當菊花黄。籬邊已約隣翁醉，提榼殷殷盛意將。

## 偶成

坐擁青氈册餘秋，英才樂育復何求。夕陽西下偷閑暇，脩脯携來上酒樓。

## 粹社三周雅集

樽開社酒祝三周，圍坐三筵逸興稠。三十三人三六月，更兼三五月當頭。

## 題湯有蘇同學雪霽圖

徹夜光明疑曉色，來朝旭日正昇東。登樓遠眺群山没，縞素叢中一點紅。

## 西施

家國興亡因女子，苧蘿移植到姑蘇。顰眉畢竟緣何事，妾有深心在沼吴。

## 市虎吟二首

南市蓬萊路動物院豢一虎，野性已馴，隣居有貓竊食，主人惡而投諸柙中，俾膏虎吻，詎虎嗅之不食，相處一晝夜若相忘焉。乃出之。此虎日啖牛肉三四金猶未饜而狂吼，若以月計，須糜百金，小學教員殆不及焉。

弱肉原爲强者食，貍奴何幸伴於菟。蓬萊路畔傳奇事，人類相殘忍也無。

逐逐眈眈恣大嚼，多金市肉日無餘。難填慾壑時狂吼，坐擁青氈愧不如。

## 虞澹涵同學京口歸飆，遺我金焦碑帖

畫境原爲詩境鑰，金焦攬勝興何豪。丹青揮到傳神處，郭璞墳前萬丈濤。

卅年曾記屐痕留，回首前塵已白頭。遺我碑文資證印，偷閑策杖擬重游。

丁丑事變後，僞方時以利禄相餌，賦此見志

魚怕釣鈎深入水，鳥驚張綱遠翔天。相知新貴何相擾，托病閉關幸自全。

# 七言律詩

齊姜遣夫

豈是尋常兒女身，閨房歡樂視如塵。甘心忍遣懷安客，滅口先除告密人。贅婿一朝成霸主，嬌妻終古作功臣。重圓破鏡今生已，何僅魚軒迓狄秦。

吴桓王廟

束髮從戎蓋世雄，千秋景仰大王風。喬玄淑女良緣締，公瑾同年友誼融。老賊寒心威冀北，群雄屈膝并江東。三吴士庶應崇拜，立廟巍峨報偉功。

題宋太祖兄弟君臣蹴踘圖

趙宋開基洗甲兵，建乾韻事話承平。弟兄並見真龍出，將相無聞功狗烹。盛世君臣尋至樂，名人翰墨畫如生。擊球那比唐天子，一樣嬉游兩樣評。

胡　銓

索虜猖狂宋室傾，黄龍直擣願難成。衹緣華夏君臣懦，便惹羶腥醜類輕。壯烈拚將頭擲去，文章足令敵聞驚。千金募稿孤忠表，浩氣長留萬古名。

應孫籌成兄卅載從戎紀念徵詩

解甲歸田憶卅年，神州又見起烽烟。頭顱未擲非吾願，髀肉重生只自憐。安得魯戈驅赤日，希將漢幟掛青天。漫言太傅東山卧，收拾乾坤仗鐵肩。

即席和劉少溥兄元韻

優游娛老好南音，早歲聲蜚翰墨林。頌酒應推祭酒德，看花尤具護花心。閩肴越酎杯盤物，紅袖青衫裙屐臨。醉飽歸來香襲襲，舊痕記取潤衣襟。

耿夢蘧兄戲爲劉少溥兄姿態寫照，爰依元韻

金貂峨屋飾輝煌，仿佛五陵年少裝。夢得詩壇恣騁鶩，伯倫酒國肆超驤。壯時粤嶠留棠蔭，老去章臺折柳忙。畢竟秦淮情種客，温柔鄉裏勝仙鄉。

贈丁芸生同學喬遷新居

六年滬北囂塵住，買得城南屋數楹。月上池塘蛙閣閣，旭升檐牖鳥嚶嚶。陶公已獲清閑福，張老未申頌禱情。但願重來游釣地，滄桑同認此心盟。

粹社一周自作主人，和丁芸生同學元韻

自慚古調又重彈，濟濟英才我意寬。周歲忽忽同酒食，良宵草草具杯盤。今兹交友殊非易，晚近尊師更覺難。但願諸君爲砥柱，莫將此集等閑看。

贈秦伯未兄

寒食清明都過了，少游新發甕頭春。算來百七逢花信，價到十千品酒珍。雛鳳他年成碩彦，老饕此夕作狂人。醇醪美饌兼賢主，不速還須再擾郇。

再贈秦伯未兄

纔過清明已麥秋，醇醪又發珀光浮。客來不速聊爲伴，獨酌寡歡且共酬。垣見一方資利濟，藝逾三絶足優游。四郊多壘君休問，今夕同消萬斛愁。

## 和朱大可兄

初度耆年何足壽，朋儕厚意共開樽。坐中酒醴姑同醉，郊外風雲且莫論。幸壽棗梨光祖禰，敢誇桃李滿墻門。蓮垞畢竟知吾者，不作阿私致頌言。

## 題徐觀光先生手卷　婁縣人，雍正舉人，官四川夔州知府。

儒林循吏鄉賢重，三百年來什襲藏。子布古婁封邑著，少陵夔府政聲揚。一縑遺墨參儒釋，六法深功媲董張。此日後生欽仰止，應知手澤泖峰長。

## 贈朱鴻儀兄

茅峰靈秀毓斯人，小試經綸噪滬濱。眷念梓桑傾我力，貽謀蘭玉種其因。名箋製造三都貴，孤本蒐藏萬卷珍。相見恨遲欽道誼，賢郎愧乏術傳薪。

## 贈滇南楚卿宗兄

有緣邂逅晤宗翁，滬北滇南世系通。花馬金裘沽美酒，青牛紫氣衍家風。佳兒養志才恢廓，德配齊眉樂洩融。深幸逋仙爲紹介，拋甎引玉盼詩筒。林曾望同學紹介。

## 廢置毛筆改用鋼筆，賦此自嘲

與爾相親周甲紀，一朝何忍棄如遺。春蠶食葉心猶戀，秋蚓團泥腕不支。薄倖郎君冤莫洗，時髦學士笑難辭。若非物質文明世，試問憑誰寫此詩。

甲申九月朔，夜分夢先室吴夫人、先繼室徐夫人同在一精舍誦經，見予歡笑而出，貌若綺年。吴夫人告予，近亦茹素，未幾進膳，均蔬食，呼予同餐，予以已食卻之。旋引入寢室，分設三床，衾枕華美。後辭出，彼亦不留。瀕行，徐夫人忽呼曰：「九九九九，可以長壽。」比醒，聲猶嫋嫋在耳。予終年少夢，爰賦之志异。

不幸人生兩悼亡，夢中得見喜如狂。知心同誦菩提偈，携手相親姊妹行。玉粒蘭肴陳四簋，錦衾角枕設三床。臨歧猶記殷勤語，九九遐齡葆健康。

## 贈《新聞報·新園林》復刊 嚴獨鶴同學主編。

園林扉掩八年賒，斬伐荆榛翦亂麻。松菊猶存還故主，亭臺無恙認前車。奇葩异卉蒐羅遍，舊兩新知慰問加。難得後彫留勁節，天寒有鶴守梅花。

## 乙酉除夕枕上偶成二首，録一

啼罷雄鷄感歲華，今宵枕上意如麻。琴弦兩斷尋知命，梓舍雙榮勉自誇。指屈年齡將六六，眼看世界更花花。但求永久承平過，樂業安居願不賒。

## 粹社雅集

社酒樽開值早秋，歲周十四話從頭。癸酉至今。八年烽燧無中輟，一卷琳琅依舊留。《粹社唱酬集》，丁君芸生保存之。大漠山人顧佛影兄别號。傷足愈，蓮坨居士朱大可兄别號。美髯修。滄桑世變身都健，萬事毋庸酒外求。

# 七言古詩

## 題孫籌成君銀婚圖

去年秋日讀君詩，卅載從戎印雪泥。今歲暮春馳雁帛，欣聞廿五銀婚期。於今夫婦之道苦，鼠牙雀角頻對簿。既倒狂瀾隻手挽，子荆能作中流柱。從來嫁娶尚奢華，重聘厚奩計兩家。提倡集團婚禮重，中年伉儷也參加。雙雙嘉耦同逢吉，導引群仙華堂出。花好月圓福慧全，三株玉樹掌珠一。鴛湖韻事競相傳，艷説孫郎第一仙。曾否良宵還卻扇，恨儂未到畫堂前。

## 壽秦硯畦世丈八十 己卯除夕。

髫齡隨侍椿庭讀，久仰少游詳耳熟。每與府君應秋闈，江鰻河蟹飫口腹。弟昆競爽掇巍科，毓秀鍾靈水百曲。先官中書游春明，改官司馬江漢牧。分闈閲卷掌文衡，桃李滿門沾化育。奉諱家居效隨園，里閭豪暴胥懾伏。民元縣會初告成，相見恨晚瞻耆宿。從此互訂忘年交，駑駘不棄常馳逐。三膺省政議席參，興利除弊卷盈櫝。兩次志書任纂修，梓桑文獻勤收録。全縣財政總其成，不畏强禦逆鱗觸。全市慈善握其樞，不避嫌怨蘇煢獨。等身著作富多文，享帚集成盈珠玉。每憶頻年社酒開，莊諧兼出微醺麴。仁者必壽古訓垂，達觀隨寓在無欲。攝生有術卜長生，常樂怡怡貴知足。今歲七九懸弧辰，一門藹瑞臨五福。文郎遠自西南歸，喜得蘭蓀新馥郁。難得齊眉杖朝年，圖披合巹周甲復。更逢泮水重采芹，不計閏年其數六。佳話重重歇浦傳，期頤上壽操券卜。跂看他日衛武齡，宴罷鹿鳴歌緑竹。自顧鰥生小廿年，亦趨亦步繼芳躅。歲朝轉瞬是明朝，敬獻巴詞先晉祝。

## 贈衡齊弟 己卯嘉平。

自愧蹉跎五十九，同庚老弟如足手。相依少小到耆年，傳家共把青箱守。憶昔弟當舞勺時，來從椿庭學業受。同窗七載共研摩，誼屬弟昆亦良友。春誦夏弦歲月閑，芹香采擷各先後。孜孜好學習師資，樂育同堂欽善誘。民元共廢蓼莪篇，此後會少嗟離久。盡瘁枌鄉廿餘年，度支出入從不苟。並爲紀經吾家園，年復一年情意厚。偶然有事到申江，北市酒樓酌大斗。融泄門庭樂天倫，主持中饋有賢婦。乘風破浪千里駒，含飴弄孫等馬后。忽驚海上起烽烟，挈眷倉皇洋場走。間不容髮伏萑苻，化險爲夷占無咎。從此翻教良晤多，白頭兄弟常聚首。嘉平廿七慶懸弧，酌兕稱觥期黃耇。檢得家藏康熙磁，雙杯奉上齊眉壽。再越三日花甲周，亦足自豪亦同壽。兄也鳩拙愧不如，好爲人師文覆瓿。但願同登耄耋年，蕪詞讀罷首肯否。

## 題江都王籬農君家藏曾惠敏公遺墨

衡湘間氣兩鍾毓，明德達人自可卜。衮衮諸公胥食肉，外交棘手何畏縮。鄰邦長驅如破竹，佔據伊犁虎欲逐。左相西征塵僕僕，戰機一發不可伏。折衝樽俎無挫衄，收復西陲驚神速。不費斗糧與一鏃，片言九鼎遠人服。凡兹國利兼民福，生佛萬家同尸祝。如此長才秉國軸，奈何壯歲賦妖鵩。遺留手札並公牘，逸少蒐羅藏韞櫝。藏韞櫝，展書讀。豐功暴，在民族。

## 題王慕詁兄秀才裝肖像

逸少當年未及弱，魯芹薄采咏思樂。青青子衿冠頂雀，風流文采哲人作。申商學術研淵博，三晉兩浙入蓮幕。世變滄桑不可度，利勒名繮寧自縛。去官隱市心澹泊，引商刻羽醇醪酌。百篇佳句貯錦橐，讜論違時何諤諤。鐘鼓無聲歇木鐸，讙呶宫墻泮水涸。茂材衣冠一如昨，恍若侵晨星寥落。星寥落，鶏群鶴。儒風薄，臭味惡。

## 周君志醒爲其岳母盛太夫人畫照屬題

見説蛟川有賢母，持家勤儉操井臼。姻連族鄰無間言，秉性慈祥貌仁厚。鴻案相莊比孟光，門庭措拄敢嬉荒。祝融税駕肆其虐，蕩焉泯焉駭欲狂。禍不單行賦黄鵠，青春喪偶天何酷。撫育子女盡劬勞，復遭一炬尤慘毒。雙珠遺嫁子成家，稍息仔肩歲月賒。誰料狂飆倏又起，暮年哭子倍咨嗟。四十六年茹苦節，報施天道何須説。孫枝雙秀獲曾孫，繞膝含飴心喜悦。吾友周君作東床，圖成玉照雪泥藏。從來大德得其壽，耄耋期頤頌康彊。

# 懷舊百咏

昔魏文帝云：「年三十餘，而徐、陳、應、劉已登鬼録。」杜少陵年未五十，而云「訪舊半爲鬼」。可知人至中年，已故交寥落若晨星，况暮年乎。余明歲稀齡，雖平居少夢，但夢時多物故者。感愴之餘，爰拉雜書之，題曰《懷舊百咏》，以媵篇末。詞之工拙，在所不計，不過紀亡友之事實，印雪泥鴻爪云爾。己丑孟冬右之附識。

陳少生通家兄

精棋精算惟重聽，幽默謙和心計長。自號聾彭彭壽靳，今看五桂競芬芳。名紹周，錢塘茂才。

陳伯蔭通家兄

綺歲經商意氣揚，中年困躓獨悲傷。書空咄咄形顑頷，失足池塘慘及殃。名紹棠，少生之弟。

陳美珍通家妹

衡門出入似穿梭，爛熳天真笑語多。只爲通家袪禮法，耳邊常聽喚哥哥。少生之妹。

孫蕙貞女士

比鄰竹馬與青梅，十餘年無瓜李猜。我擷芹香開宴日，適君百兩到門來。錢塘人，能詩工畫。

劉伯藩硯兄

思樂頖宫獨占魁，何圖空抱賈生才。多愁善病吟妖鵩，鳳卜難求月老媒。名榮晉，本邑茂才。

郭建侯硯兄

君年舞勺我髫齡，對坐朝朝聽授經。製造毛絨心力瘁，工商報館具雛型。名廷樹，邑人。

郭少文硯兄

君比我年少七齡，祖慈設帳記傳經。繼承先德營公益，玉樹三株蔭滿庭。名廷蔚，邑人。

蔡伯華硯兄

官舍叨陪閲四春，重闈青睞感無垠。每當夜讀書聲裹，使女頒來果餌頻。名錦驊，德清人，其尊人二源先生任公共租界會審公廨讞員，即今新新公司舊址，余隨侍往讀，迄今近六十年。

戴叔良硯兄

風流倜儻邁群儔，求偶彭城願未酬。記得多情重九日，靈岩虎阜伴同游。名鍾駿，常熟茂才，時余年十五，隨侍在蘇。

葛虞臣硯兄

君逾弱冠我還幼，執贄先君來拜師。作宰靖荆棠蔭在，承頒解組悼亡詩。名恩元，鄞縣茂才，宰江蘇靖江、荆溪二縣。

蔣翊周硯兄

文工字秀是才人，共硯芸窗計兩春。可惜頖芹高擷後，烟霞痼癖竟戕身。名大昌，奉賢茂才。

張雛聲姻兄

見義勇爲杜季良，一生勞瘁在枌鄉。致身革命維公帑，光復南城殉地方。名仁庠，南匯茂才。

張國柄姻世臺

冰雪聰明冰雪姿，遺留祖德復何疑。掄元入頖修文召，天道茫茫不可知。雛聲之子，茂才。

張炳生兄

椿庭課畢銜杯際，執卷殷殷請業時。如此苦功三閱歲，居然鄉校作人師。雛聲之姪。

蘭言從兄

聞我采芹喜若狂，特來松郡伴歸航。不圖秋末沾時疫，未竟生平藝術長。名崇基，工畫。

勤生從弟

易園後裔君和我，欲把門楣振起之。可嘆迍邅夫婦逝，幸遺弱息是佳兒。名維勤。

汪仲飛從姊丈

當年院試赴茸城，每到仁康當裏行。體魄魁梧容貌藹，善人有後不須評。歙縣人，典業。

蔣竹筠從姊丈

正直廉明爲地方，保持公帑計周詳。每逢甲社微醺後，談笑風生浩氣揚。名世傑，邑人。

蕉軒宗叔

經營鄉政十餘春，偶到申江教誨親。每日六時功課重，殷殷囑咐節精神。名祖佑，邑茂才。

鏡海宗兄

每值清明返梓鄉，相邀杯酒話家常。椿萱連謝蓼莪廢，未及小祥賦鵩傷。名顯常，邑茂才。

英石宗弟

投筆從戎志願酬，春申光復擁貔貅。經營逵路多虧折，借酒澆愁愁更愁。名顯謨，邑茂才，留學考試，得舉人。光復時任滬防全軍統領。後辦滬閔南柘長途汽車公司，虧折抑鬱，路成而卒。

頌唐宗姪

君擷芹香我始生，忘年角藝鬥心兵。廿年長教貧如洗，對酒臨風兩袖清。名宗鄴，邑茂才。

張莘伊表兄

早歲蜚聲曾食餼，每逢院試每逢君。荷池衖内葉家寓，博弈餘閑共論文。名尚純，南匯歲貢。

唐秋菘表兄

幼年相聚藹然親，每念慈萱晉謁頻。温厚和平宜永壽，忽攖暴疾委紅塵。名振誾，南匯人。

唐應壥表弟

中表晚年只兩人，春申避亂舉杯頻。淹纏痼疾群兒侍，訣别彌留倍愴神。名振聲，秋菘之弟。

鍾次堤表兄

誼關中表相逢少，執教銀樓染疫悲。尊閫一生能努力，行看昌熾振門楣。名錫齡，嘉興茂才。

姚介壽表兄

母族相關中表親，棄商就學到淞濱。東華小學教鞭執，咫尺寓廬下問頻。名有承，南匯人。

董杰夫表兄

精神焕發多朝氣，務本兵工賴贊襄。交訂忘年逾卅載，至今孟子弗遺忘。名炳章，邑茂才。

願逸人襟兄

家世務農謀稼穡，存心利濟業岐黄。顧家路口婿鄉近，愧未登堂塵俗忙。川沙人。

朱福田襟兄子炎之同學

四十年前精統計，浦東保障任塘工。佳兒市政多規畫，未竟長才未竟功。名日宣，邑人。任浦東塘工局主任。子炎，字炎之，上海市政府成立，任土地局局長。

錢蔭庭襟兄

君貢成均吾食餼，潛修學養玉無瑕。昔爲父執今僚婿，甥館追隨到鶴沙。名椒，邑歲貢。

丁賡堯襟兄

北極庫倫東日本，壯游萬里賦歸來。地方款産精稽核，强仕年華未展才。名熙咸，邑拔貢。

吴覺迷同學從内弟

新聞小説能揮寫，化學精研技絶倫。自號覺迷迷未覺，終因嗜好隕其身。名中弼，川沙人。兵工化學班畢業。

吴疴塵從内弟

劬勞廿載青氈擁，報號春秋噪一時。最是可憐晚年子，那堪泉下去追隨。覺迷之弟。

徐問秋譜兄

業擅岐黄豪俠氣，吾園路上往還頻。卌年莫逆如棠棣，老友凋殘倍愴神。名志淦，邑人。

夏應堂譜兄

廣福寺西壺隱處，輿臺盡識姓名彰。最難掃却時流習，一片善心俠義腸。名紹庭，江都人。

夏殿臣同學

問字玄亭逾六載，性情豪俠貨財輕。年方及壯箕裘紹，恒榦先捐痛喪明。名秉鈞，應堂之子。

李平書宗叔

革命保疆大力支，地方自治具先知。邑人追念豐功業，銅像巍巍九曲池。名鍾玨，邑優貢。宰廣西遂谿縣，時法人佔廣州灣，曾率民團抵抗。光復時任上海民政總長。

王耜雲先生

開府晉中逢國變，優游林下寓幽燕。梓鄉修志歸來日，總閱全書歷四年。名慶平，邑人。翰林。光復時以藩司護理山西巡撫。

汪季航先生

青氈坐擁作人師，和藹謙謙君子姿。佳話相傳喬梓事，酒樓茶肆競輸資。名錫增，邑拔貢。舉人。

莫子經先生

民元縣會初成立，衆望夙歸議長膺。亦步亦趨隨左右，有時庖代愧難勝。名錫綸，邑恩貢。時余任副議長。

葉醴文先生

生平桃李滿門墻，學府清華執教長。借問金臺何所事，棋書聽戲有三忙。名景澐，邑拔貢。舉人。

劉子瑜先生

詩酒豪情擬伯倫，竹林二阮往來頻。能埋先烈飄零骨，肝膽光芒可照人。名增祥，邑歲貢。與從子東海時游竹林。清末革命先烈鄒容瘐死獄中，爲之改葬。

曹潤甫先生

佉盧首譯拍拉嗎，户曉家喻先覺誇。縣會相逢欽父執，孫曾揚顯盡芳華。名驤，邑茂才。

姚子讓先生

望重德隆膺代議，不阿賄選遽南旋。主修兩度枌鄉志，體例精詳掌故傳。名文枏，邑舉人。

王柳生先生

育才創辦南洋繼，教育能開風氣先。監督兵工專校後，承將小學委仔肩。名維泰，邑恩貢。

## 謝潤卿先生

業傳馮道精欹劂，文藝齋名噪滬城。和藹慈祥逾耄歲，殷殷饋物感多情。武進人。

## 秦硯畦先生

父執忘年交莫逆，志書縣會兩番隨。每逢甲社微醺後，憤世憂時悉屏之。名錫田，邑舉人。

## 秦壽儂先生

潯陽解組返淞濱，寄寓隱園過從頻。最是教人忘不得，江南買醉一壺春。名錫祺，硯畦從弟。

## 袁觀瀾先生

當年同事方言館，回溯於今卅七春。盡瘁鞠躬興教育，先知先覺邁群倫。名希濤，寶山舉人。

吴懷疚先生

民元光復膺民政，女校早揚務本名。委我志書知己感，多虧父老衆擎成。名馨邑，茂才。

楊東山先生

山水怡情書北海，寸縑尺素足流傳。人稱八怪何嘗怪，下問殷殷有宿緣。名逸邑，舉人。

孫宗誠兄

鐵畫銀鈎法率更，科登拔萃早成名。飛凫下宰華容縣，猶及板輿二老迎。名念祖，來安拔貢。

沈商耆兄

儒雅恂恂精協律，教廳規畫育英才。清風兩袖歸來日，慘絶覆車无妄灾。名彭年，青浦廩生。民國任江蘇教育廳長。

劉汝嘉兄

同膺廩餼誼相親，杯酒言歡過從頻。養正主持宏樂育，門墻桃李滿春申。名世杰，邑廩生。

徐慕郭兄

世誼更兼同食餼，欣看拔萃掇高科。晚年時運多乖舛，顑頷青衫命折磨。名蔭曾，邑拔貢。

葛伯超兄

角藝文場邂逅親，論交世誼往來頻。縱談時事多悲憤，可惜未爲革命人。名尚遠，邑茂才。

朱紫君先生

地方掌故是專家，如數家珍蔑以加。難得暮年頤養趣，豫園傍晚一壺茶。名之翰，邑人。

朱蓉鏡同學

兩度從游有宿緣，懸壺素不計金錢。圖章鎸刻偏成讖，瀛海歸來十九年。紫君之子。

沈步瀛兄

保持公帑幾罹禍，兩月囹圄不屈移。耄歲揮毫猶健舉，書成便面丐人詩。名周，邑人。

徐企文同學

討袁首組勞工黨，遠溯於今卅七年。失敗英雄遭慘禍，他時修史莫遺捐。邑人。

喬憇林兄

游學東瀛興小學，門墻黄二滿三林。酒仙雅號海仙髩，也是園中細細斟。名棠，邑茂才。

曹幹臣兄

詩歌辭賦頻相権，一字推敲不厭詳。醉後卻車徒步返，佳兒扶掖孝思長。名棣，邑茂才。

顧希歐硯弟

壯年抱負不羈才，宦海浮沉築債臺。蠖屈終難伸一日，心灰意懶舉愁杯。名曾慰，華亭茂才。

傅佐衡兄

耄歲南沙參縣政，覆車慘禍泪潸然。幸留著作卅年力，史略新編不朽傳。名恭弼，南匯人。

喬念椿兄

屏除痼癖奮經營，輪舶交通電炬明。功在梓桑應紀念，行看玉樹競雙榮。名世德，邑人。

史良材兄

提倡蠶桑興女學，主持申報具先知。董狐直筆遭時忌，杭滬途中狙擊悲。名家修，婁縣茂才。

沈履堅兄

燕臺逆旅訂相知，適值黔西解組時。南下同車回滬日，支離病體仗扶持。名毅，海寧茂才，曾任黔西道尹。

朱子琴兄

幼科薪火得傳真，兒輩多蒙著手春。豪飲猶懷薩珠衖，於今繼起有傳人。名紫貴，邑人。

俞鳳賓兄

民初風氣未全開，君業西醫遠近來。共仰仁心仁術著，扁盧不永展長才。太倉人。

丁立鈞兄

不羈倜儻見天真，嗜飲中年遽隕身。教養遺孤興學校，門庭振起賴夫人。邑人。

衛芝山姻兄

一生茹素行慈善，爲道殉身未六旬。應告地方知技術，圖成全市遍春申。名文熙，邑人。

潘友梅兄

君如論齒十年長，我較游庠一載遲。教育終身安若素，謙謙君子作人師。名如楙，邑茂才。

黄克明兄子福保同學

江夏綺年曾設帳，德門四代慶同堂。性耽金石兼書畫，喬梓堪憐先後亡。仁和人。

王彬彦兄

開闢草萊興閘北，毀家紓難盡人知。冤沉三字莫須有，論定蓋棺衆口慈。名棟武，進人。

俞葆邨兄

好友輕財只愛名，力争自治應同聲。熱心市政興淞滬，絲盡春蠶遽隕生。名維珏，寶山人。

錢遜齋兄

教育繼爲慈善業，不違流俗不阿時。諸兒婚後分居外，每值星期團聚嬉。名允中，邑茂才。

陳鏡如兄

温文爾雅無矜飾，處此潮流不合時。咫尺寓廬常晤對，推敲詩什榷文辭。名德清，邑茂才。

張星若兄

善治傷寒累代醫，平橋路上盡人知。最難恪守先人訓，勝代遺民何復疑。名汝炳，邑人。

朱伯華兄

武試能開兩石弓，文場高擢入黌宫。課餘知己酒樓聚，牛飲鯨吞氣象雄。名贇，邑茂才。

顧翕周兄

孝先書笥腹便便，回溯相交四十年。慈善和衷多盡瘁，微醺妙語似珠聯。名祥和，南匯人。

姜利川兄

不合時宜滿肚皮，灌夫駡座語淋漓。醉鄉終日兼終夜，王績劉伶泉下隨。名濟，邑人。

李綺城兄

風流名士鍾王筆，親友求書日日延。若使開樽磨墨候，揮毫落紙似雲烟。名然昌，青浦茂才。

謝秋丞兄

敦厚温柔如處子，圖精機械滿門墻。家庭怨偶終身憾，咄咄書空劇可傷。名家實，邑人。

周雲階同學

清季制科經義試，也曾問字到玄亭。民初務本欣相處，同學挽歌不忍聽。名福保，邑人。

嚴畹滋同學

羊裘後裔擅佉盧，棠棣三株美且都。誰料纖微瘡痏疾，不逢盧扁奈何呼。名枚，桐鄉人。

曹瀚亭兄

養正當年發起人，終身教育卌餘春。生平惟有竹林癖，忙裏偷閑笑語頻。名浩，邑茂才。

王劍知兄

重開志局文書掌，綱舉目張卷牘清。既不違時兼不徇，恂恂光霽靄然呈。名平章，金山茂才。

唐養儒兄

爐火青時涵養粹，盎然面背是純儒。桑榆拂意天年損，教育循循一世劬。名頤壽，嘉定茂才。

任堯三兄弟堯泗同學

昆季同稱倜儻才，少年英俊氣雄恢。劇談豪飲曾同社，誰料雙株玉樹摧。句容人。

吴樂天兄

名實相符號樂天，達觀隨寓地行仙。兒童作伴同游戲，歡躍行歌老少年。平湖人。

周鳴岐兄

去歲清明來祝嘏，今年寒食賦招魂。只緣生挽未曾見，耿耿私衷抱憾存。名允懷，甬人。

林浩如兄

積善從來天降祥，芝蘭玉樹滿庭香。新正三日西窗燭，兩閱蟾輝易簀傷。名樹聲，南匯人。

朱燮臣兄

綺年先後入宫墻，慈善追隨佩熱腸。喪偶榆桑枯寂甚，義夫殉婦破天荒。名壽延，南匯茂才。

鄭果齊同學

教育儉勤新築室，楚人一炬盡摧殘。曾將便面求揮寫，絶筆書成不忍看。名毅，邑人。

華念慈同學

焚膏繼晷集英才，六載孜孜每夕來。暑日假期歸故里，横塘忽報噩音哀。無錫人。

耿濟之同學

諳習俄文多譯本，莫斯赤塔譽流傳。長才短命鵩妖兆，可惜未逢民主年。名匡，邑人。

謝學鏞婿

夙叨故誼締新姻，仁厚家風見本真。簫史何堪騎鳳去，班姬弱息撫彌迍。邑人。

謝學鋐姻臺

兄先弟後劇悲酸，謝氏門庭玉樹摧。所望外孫成宅相，於今男女一齊看。學鏞之弟。

俞慶棠同學女士

不忘故舊氣宏恢，教育專家全國推。萬里歸來參政協，燕臺暴疾委長才。太倉人，鳳賓之妹，近由美返國，參加新政協委員，忽攖暴疾，歿於北京。

# 自跋

歲在庚辰，初度甲紀，承諸親友及門雅意，集貲助刊先集。節筵宴之費，爲贈書之用。未幾而《李氏易園三代清芬集》出版，合祖孫、父子、姊弟、夫婦之作，蔚爲一編，裒成巨帙，垂諸奕禩，銘鏤之懷，無時或釋矣。祇以流光荏苒，老大無成，馬齒徒增，五中引疚。而明歲庚寅，忽忽又屆稀齡。及門中謀有所舉，予峻拒之，以爲此十年中，家庭多故，初摧玉樹，繼斷琴弦，人事滄桑，何堪回首。以是言壽，徒增感喟而已。矧當政府提倡節約時期，猶復無謂虛糜，人其謂我何？及門等知不可强，其議始寢。旋粹社聚餐會諸及門，又提議援庚辰之例，集貲爲予刊印詩文稿。予又以爲庚辰之舉，爲先人發潛闡幽，自當拜嘉盛意，今乃議及拙稿，自難等量齊觀。且見聞隘陋，學殖荒落，本非江郎，早已才盡。以言夫文，無精警新奇之筆；以言夫詩，無風神性靈之妙。以是而云刊稿，藏山不足，覆瓿有餘，不過徒災梨棗而已。矧際此大時代，貴乎有經世之文，爲人民興利除弊，如此立言，方合環境。若論拙稿，思想未免落伍，文辭未免腐化，姑以藏拙爲宜，何必貽笑方家。嗣經諸及門固請，僉云刊印著作，於今數見不鮮，藉留雪泥鴻爪之痕，並非揚厲鋪張之舉，師其毋辭。予以盛情難拂，乃檢諸篋笥，得文二十篇、詩八十首歸之。又以《懷舊百咏》媵諸卷末。承粹社諸君暨社外一部分及門助刊成書，俾置鄴架，藉備瀏覽。惟予竊有感焉。先人遺稿，除《清芬集》外，如經學、小學等著作，尚多未梓，而拙稿竟得刊行，爰志數言，既以感諸君之嘉貺，亦以增予懷疚耳。公元一九四九年農曆己丑孟冬之月李右之識。